U0105626

# 放龜禪

古添洪 著

# 目次

第二輯　加州落海涯散草（散文）



第三輯　有星背情（抒情科幻小說）

第四輯　感恩與懷念（詩）

第五輯　寫在政治的年代（詩）



附錄　舊星洲漫憶（散文）　古解初 著

# 自序

古添洪

我要灼龜甲還是丟銅板來決定書名？如果以書中最酷的散文作書名，那就是〈寧靜的窗口〉。如果要引起一般讀者的共鳴，生命的禪境，也懷念一下我的「幣幣」，那就是〈放龜禪〉了。如果以詩篇作為命名，那當然是〈感恩與懷念〉莫屬了。〈感恩與懷念〉內含兩節詩，井與板凳，是經由「自動書寫」在紙上寫寫塗塗、斷斷續續引發出來的啊！那是繫我心最深處的東西，最真的親情。歲月流轉，時光荏冉，我好久好久都寫不出來，那刻終於從感覺轉化為語言了。如釋重負的愉快，真像清澈的甘泉，流過我的胸懷。

請不要把〈洛杉磯鱗爪〉看作是創作，放在這裡，只是當作紀念。我「夾帶」了一篇科幻小說〈有星背情〉。我把已經消逝的我們的地球，叫作「有星」。「有」這個字，值得好好品味。因為「背」情，所以這個星球毀滅了。這是我所有小說創作裡最喜歡的一篇，故事少得不能再少，也算是「極簡主義」的旁支吧！稱之為

「抒情科幻小說」，這樣，棲身在詩與散文之間，比較自在。最後，附錄了家鄉耆老古解初先生的《舊星洲漫憶》，可謂是新加坡一九三七年前後兩三年間的文學記憶，彌足珍貴。這些稿子，是我擔任《海鷗詩刊》主編時邀的稿，也獲得他的無償出版授權，在此特別推薦。

很久以前，我出了詩文合集《晚霞的超越》，銷路比我的詩集好多了。散文比較獲得青睞！我決定再次出版詩文合集。好像是一份默契，這些「詩輯」與「文輯」放在一起看起來相當和諧。我微微有點驚訝，時空阻隔，關山與海洋，竟像西班牙超現實畫家達利的軟鐘融化了？

行文轉回開始。既然選擇了〈放龜禪〉為書名，我就以〈感恩與懷念〉作為封面的主題。隨便塗鴉，不惜貽笑大方。是為序。（二〇一六年六月六日）

# 第一輯

# 放龜禪（散文）

# 11·22實驗8釐米

一、我把十指屈成虎口般的照相機。從虎口張望出去，也頗有一番氣勢；蓋虎者，威也。天光從指間透入。晌午的天空雖談不上豔麗，但絕非灰沈。

二、國父紀念館仁愛門廣場的兩翼，行人道與廣場交界處，或平臥或斜靠一面又一面又一面許多代表著遊行單位的木牌子。文字和語言不同，文字給人一份實存的感覺，不像聲音，隨橫飛之口沫而消失。職是之故，鏡頭的「反省」功能突然注意到：大部分牌子之側之前之後，往往只有寥寥三兩人。離遊行時刻還早哩！不久，當我底手姿「鏡頭」對著這些牌子沈思之際，機上的音帶扭動了；循聲所及，廣場前中央的地方，中國統一聯盟的王津平正站在指揮車上，開始整理隊伍。

三、我讓遊行隊伍慢慢通過「虎口」的鏡頭（此時，「馬路如虎口」是一個很有效的相關語），讓一張張的橫布條、一塊塊的直牌子作為這長長的discourse（訴求）底最具「肖象性」的標點符號，比我們語言上的芝麻小點耀眼多了。現在通過勞動黨紅色的隊伍，現在通過立法委員及候選人的宣傳車隊，現在通過老兵團體……。這一串接一串的底片框（frames），都嵌上了台北大都會底建築物作為圍邊，高低毗鄰，產生一種最為實存、最為一九九二的感覺。作為一個攝影者，我最鍾愛這鏡頭裡的內部結構。音帶也開動了：偶爾建築物的窗口回應下面的人車隊伍，丟下來兩三聲「直航」、「直航」。

四、作為一個文學工作者，在政治膨脹的台北周遭，我底鏡頭「拒絕」向政治人物甚或事件捧場，而專讓我底族類亮相。顯赫人物有顏元叔、陳映真。萬一我把鏡頭倒轉過來，那只是遵循當今「解構」的慣例，把製作者的「我」洩露在觀眾面前而已。

五、一個小男孩騎在大人的肩膀上，小臂揮著小旗。一個約十歲的女孩，一個約七歲的女孩，一條馬尾，兩根辮子，手牽著手，母親帶著，在隊伍裡。我用強光把這「鏡頭」打亮，我要宣告「救救孩子們」的年代已終結，讓孩子們帶領我們到他（她）們的樂土去。瞬間裡，我讓汽車的喇叭聲與黑煙般的廢氣湧進遊行的隊伍，然後我緩慢地把鏡頭儘量拉長，讓長長的隊伍一節一節地從鏡頭蜿蜒出去，就這樣在中途的某處為這次七百多人歷時三小時的最平和的遊行按下最後按鈕。

（1992.11.22）

〔按〕翌年一月九日於中國時報〈人間副刊〉發表時，編輯別出心裁，作為「風景明信片」刊出，文末加以「寄自國父紀念館」字樣，並附遊行相片一張，為拙文增光不少。

# 午馬神騰

午漏陽光，馬揚鬃尾。

陽光像一大束駿馬的鬃尾，少女般秀髮一揮，整個穹蒼金絲燦爛。奔騰啊！我冬蟄已久的沈鬱的心啊！

當這匹時令的神駿一躍十萬九千里而來，卻突然發覺雙足為地球的大氣外殼所困，裹足不得前。於是，您勁拔的蹄足用勁擊打，把「溫室」碎為片片玻璃，雪花。一個污染的三度空間爛雪般在陽光裡消融了。啊！為什麼一個年邁不惑之年的人，在滿眼垃圾滿鼻子臭氣的周遭裡，視覺竟然仍是那麼少年郎般的願望式？因為，因為那是春天，那是屬於中國人心靈的喜氣洋洋。

是徐悲鴻的馬？還是李奇茂的馬？兩個不同的時空！骨骼健而朗、韌而拔，運筆沈鬱，神而形態畢現，這是悲鴻的馬。悲鴻的馬，或屈足奔騰，或昂首回顧，或俯身啃草，都有一份蒼茫之感，而蒼茫裡更蘊含著生活的艱辛。這蒼茫、這艱辛必須在「框」外去詮釋，必須在貧瘠、戰禍連綿的黃土上去體認。這「框」外之「意」是悲鴻畫的「留白」，使人無限低徊。眼前李奇茂的馬圖，則是一馬據前景，著色，眾馬排奔於後，遠處只剩模糊馬影。用墨簡略，虛寫，幾無足，眾馬有若奔馳在無邊的飄渺之中。我們是否可以詮釋為「空間」的失落？如果這些藝術形式，總不免蘊含著歷史的軌跡，他們傾訴著什麼訊息？無論如何，當季節更新之際，還是把馬釋放給青青的草原吧！然而，

我底心隨著午馬骨碌骨碌奔騰
午馬走進我心裡骨碌骨碌奔騰
我底心給藍海洋分割為兩岸
願分割的我底心啊
在骨碌骨碌的啼聲裡融為一體（稿於1990年馬年前夕）

# 貓狗連篇

在巷子深處角落堆著垃圾是台北向晚後慣有的景色。略有臭味，小小髒亂，都市麼，就是這樣。不知何故，每回看到那隻黝黑的貓在垃圾堆裡覓食，我就心悸不已。貓修長，體態娟好，在蒼茫暮色裡特別黝黑而美麗。一兩回牠回將頭來，我們眼神曾觸及、默視。貓眼珠有著美人慣有的逼人的光芒，此刻略有憔悴。我向內心深處挖掘，是什麼東西使我產生這分憂鬱？是近代史裡散落在海外的花果飄零麼？還是更深的心理分析層面的某些屬於身體的情結？近似的經驗是我在瀕臨太平洋的加州海岸看到本應遨翔於藍空的海鷗覓食於垃圾桶的片刻。那時我也駐足良久。「春寒翠袖薄，日暮倚修竹」。但此刻娟美黝黑的貓所倚的卻是深巷角落的一堆垃圾。看，垃圾已散落、逼近到我腳前。我是否可以莞爾一笑？

狗的情形卻不一樣。狗在馬路走。紅燈，牠等行人過馬路，一起走。狗在大學校園裡蹲，甚至上樓梯，躺在角落。牠們懂得安全。實在不需要馴狗師證明狗的智慧，文明的記號難不倒牠們。民主麼，這一道也會。台北街道的狗已經不怎麼互吠，更遑論惡牙相向了。牠們已漸漸發展出一種悠閒感。不信，您可以好好觀察。這些流浪狗，有些脖子上還圈著有識別功能的皮帶，皮帶的光澤日久當然有點褪剝。綁在後陽台，養在窄窄的所謂前庭，身體嬌小又運氣好的在客廳跑，有時主人抱來親昵一下或摸摸頭，如此而已。現在，狗兒們佔有的個別空間相當大，自主性也強。似乎，太陽星系不覺中已大逆轉，狗兒們都回到森林裡、一個現代的、文明的、混凝土的森林裡。在陽光普照而背部是混凝土的惺忪夢裡，牠們夢到女主人的纖手，還是茂葉叢中與牠同類的狼的嗥叫？（1996.2.8）

# 放龜禪

公車在一面一面的廣告牆或者住宅牆間行駛，路人在車輛旁或車輛間或正著身子或側著身子行走，偶然穿插三兩無聲的攤販，掠過三兩樹木的葉叢與枝椏。就這樣我與妻及兩個小孩抵達山腳。

我們拾級而上，廟宇間肅靜中有點人間的喧鬧。有人膜拜、上香，也有蹲著賣冰淇淋的攤販。廟宇在山中，我在蒼翠中迂迴恍惚。我們沿另一山徑拾級而下，微微山風依舊。一潭湖水在下坡左側宛然露出它底側面的容顏。潭不深、不大、是一般小丘間慣見的小潭。

我無心憑著生銹、褪色的小護欄駐足。靠沙岸處有五六七隻烏龜在曬太陽，小龜疊在母龜背上，體積大中小俱全，疏落有致。塘中有更多、更大的烏龜，或浮游、或高據水中石上、或昂首、或平臥恬息、或孑然一身、或背負龜。龜何以名為烏？在這裡，每一隻龜的頰間紅線彷彿是一度濃縮的紅晚霞，而龜殼介乎褐紅與墨綠的健康色澤，又彷彿是藏諸久遠的礦石，金屬微粒閃爍，不妨想像為女媧補青天剩下的鍛鎔過的一塊又一塊的巖石呢！

潭如鏡，潭上龜族又是鏡中宛然而具象的另一面鏡，而倒映穹蒼又如鏡。這些鏡子在我雙眼的玻璃球上，晃照，流轉，幻中有實，實中有幻。我憑鏡叢觀照，彷彿五臟六腑浮盪其中，其中有抑鬱，其中有纏結，其中有侷促。一龜似有夙緣的朝我望著，我走進水中。殼黝黑中透出紅棕的光澤，殼外側微翹，殼中央略微拱起。我停住，凝視著浮在龜與我之間在水光中搖蕩的幻影。龜伸出前屈的左腳，我用右手的食指承住龜的左腳，龜右腳前屈伸前，龜全身爬在我掌心上，我們兩個頭上下對望。那已是很悠遠的日子了。您回到自己的族群裡，生活得多麼原始、多麼自然生態啊！我多麼高興看到您健康的色澤與群聚的生活啊！您尚記得幼時張著嘴嗷嗷待哺在我手中覓食的情景麼？尚記得冷得就要死去而我靈機一動用溫水向您身上澆把您復活起來麼？您特別頑皮，一歲以後就愛爬出大大的綠陶盤，而我幾乎每回走進後陽台，您就向我走過來，硬要黏黏的攀上我腳面來。您露出最寧靜、最古樸、最深情的臉。您帶領我走進您的氏族，與及整個龜族群。您敘述說，大多數的龜原先是放生來的，極少的原先是寵物，現在繁衍為塘中多族群的龜域了。我們遊歷了靠岸岩石的耳旋旋螺族，也造訪了漂浮的海草國。那些小龜活得多麼稚氣、多麼依賴著母龜啊！您會向他們訴說這份人龜緣的神話麼？

這緣始自正站在塘邊的兩個人類的小孩。

媽媽您看，池塘裡有許多幣幣、璫璫、心心。

才不是幣幣他們！

媽媽，他們頭上的紅線好紅好亮啊！

當然啊！這裡陽光好。又有很多朋友。要不要把幣幣他們放來這裡？

我衣鞋未濕。其時，天空一片晴藍，樹的綠意游離空中，藍與綠在澄明中互相渲染。

隨後，妻埋怨塘中有一些現代人的垃圾，而孩子們附和著，我則沈思著淨土的含義。（1996.9.5）

# 寧靜的窗口

在台北大都會，有窗幾乎就有鋼鐵欄柵。在頗有廢氣渣滓浮盪的空氣裡，這種窗口，倒給人一種寧靜的感覺。寧靜地面對前方，寧靜得純粹，寧靜得冷漠。前方或者是車輛、或者是人群、或者是廣告牌、或者是另一窗口。撐著四方的寧靜的臉孔看著：看你怎麼樣？

我喜歡散步。在台北都會裡算不算異數呢？在歐美中心的國際視野裡，人們也許會說我有點像法國人，因為法國人以愛好散步著稱。但我書桌上的小型音響告訴我，也就是通過聽覺的管道悠悠然送來樂曲：山月迎僧。一襲袈裟配著頭顱和一對綁腿，山中泥徑裡隨興漫步。要想像山月如女子的眉也可以，如磨亮的銅鑼也可以。無妨。月永遠在僧人的前面迎接著。畫面清晰如畫。在二十一世紀即將來臨的此刻，我們不用閉上眼睛，而是張大眼睛看想像中的畫面，看得越清晰如畫就表示越有能耐。看，散落的花瓣點綴著稠稠的草叢，而草叢左角空隙處居然有一隻可愛的四腳蛇正張著大眼睛，牠的皮膚像許多的斑點落在黏滑的深綠皮膜上然後給拉成許多不怎樣工整、線條不怎樣粗細均勻的直線。看，二十一世紀即將來臨，所有的想像都清晰如白天，紋理粗細畢現。唔，中國人原本也是愛散步的啊！而還帶有一點禪意呢！

還是想想我青春歲月裡常常遛躂遛躂的台北昔日的中心西門町吧！西門町從繁榮的西元六〇年代（也就是我穿著牛仔褲，袋裏塞著文學書籍到處遛躂遛躂的年代）慢慢沒落而增加許多色情以後，也就在一些正面而熱心的文化人的爭取下，建立了所謂「徒步區」。人類生來有雙腳，雙腳終於直立走路以別於其他動物。現在用兩隻腳散步，卻得在特別規畫的「徒步區」，才能沒有障礙地逕行。左腳，右腳，慢慢走，隨意走，手隨意擺動，眼睛隨意亂瞟，不必側著身子，躲過呼嘯而過的摩托車，或者貼身隨行的鋼板明亮而內部機械工整的轎車。

我常常散步在瘦身後的台北街道。街道的瘦身並非吃了什麼減胖特效藥，而是給兩旁或單邊的自用車腰帶般拉緊拉緊拉緊。在散步途中，最引起我沈思的就是這些一個個或一排排的寧靜的窗口。有時看久了失去了知覺，以為神遊到了一個監獄形設計的某外太空。更詭譎的是，看久了，窗口會產生一種莫測的吸力，彷彿要把我吸過去。幸而我是免疫的，因為我喜歡散步，會悠悠然走離開。但我有時不免擔憂，我們的新新人類一副副的臉會被慢慢吸過去，最後與這種寧靜的窗口湊泊為一，然後逆轉從裡面張望出來。（1999.5.29）

# 微笑莊嚴禪

宇宙茫茫的黑夜。我意識邊緣霓虹燦爛的台北都會。在住宅區的某一房舍裡我蝸居著，像一個丟在那裡待啟的包裹。寂靜。斗室茫茫彷彿如無潮的湖泊，檯燈就這樣把桌面照亮成待錨的一葉方舟。我夜讀華嚴經。宋版木刻的黑字體，字字筆劃明細，橫豎工（空）整排列，有如一尚未開動（莊嚴華麗）的世局棋盤。

我突然眼睛與心靈同時一亮。在漂浮的語言記號之流裡，「微笑莊嚴」四個字體宛然地從棋盤上發出黝黑的光芒。黝黑的光芒是眾光的負（負，載也）值，神秘一如科幻小說中的宇宙起源與回歸的黑洞：洞外有天，洞外有光。一葉扁舟，從此逝。

一切諸佛現微笑時皆於口中放百千億
那由他地阿僧祇光明一一光明各有無

量不思議種種色遍照十方一切世界於
大眾中發誠實語授無量無數不思議眾
生阿耨多羅三藐三菩提記是為諸佛第
五離世癡惑最勝無上現微笑莊嚴

在這智慧的橫幅裡，一個翻拍鏡頭，以淡入的電影手法從宣紙的紋理間緩慢浮現。長者飄然而至，臉孔彷彿穿透蚊帳的薄紗，向我告別。那是夢中，那微笑，五分神秘，三分慈祥，兩分依依，底色卻是滾滾歷史滄桑在歲月裡淡化後的雲煙。禁檢。焚稿。十年了吧！我一直沒法用語言來捕捉這微笑的神韻。夢中，我敬愛的長者向我微笑告別！

我從「微笑莊嚴」四字迴溯那剛涉獵過的文字記號的留痕，並順勢向下探索到那沒有句號的暫時休止。完整的沒有異化的面貌畢現於我面前。我沈思。我佛拈花微笑的剎那應也是「現微笑莊嚴」之時吧！（1999.3.27初稿；2005.8.8定稿）

# 表層的素描練習：風格的形成

一、礫石地。小蟲、葉子、形狀模糊的葉與草，零星地生長在那兒。我想像小蟲在綠色的葉世界裡隨意往來。這綠色的世界並非純然是綠色，也有斑駁的黃色，也夾雜著沙粒，或者沙屑。慢慢看下去，我發覺我的視覺錯了。應該說，沙粒與沙屑夾雜著綠色的葉子，而有些葉子，略有殘缺、褪色、零落，展露出時光與生命的自然成壞。

旁邊，應該說旁邊的某處，或一些處，長出一些更大的葉面，有小莖撐著的葉面。有花麼？粉紅的小花麼？黃色的小花麼？為什麼要想像有花？我自問自答。

有莖撐著的綠葉面，或者沒花，或者無花，黃色或黃中帶褐，一些較為現實的顏色。他們的投影落在較大的岩面上。我說是岩面，因為我認為「石」都是「岩」碎裂出來的。前身後身。這岩面上有沙，有沙屑，有葉，有葉屑渲染著。渲染著石的紋理。有莖撐著的綠葉的投影，蝕進這岩面上，讓我聯想到小學時我作的勞作，把鳥的圖案用溢水（硫酸）蝕進我磨滑磨亮的銅錢上。

二、這岩石上的紋理給沙粒、沙屑、葉子、葉屑、蠕動的小蟲覆蓋，構成一個生態豐富的表層。岩石上的紋理，有較深的較黑的溝狀，有較細較淺的線狀。無論溝或線，突然浮現在眼前，停在那兒。但又不知他們從哪兒開始，那兒淡去消失。我仔細觀察，用指尖在岩面上試著描摹，就比較有網/脈絡的感覺了。

瞬間，這由紋溝迂纏的較大的岩面，並不平滑、略有粗糙及高低。這些岩面，這兒一大塊，那兒一小塊，那兒又一小塊一大塊地佔據我的視線，或者說，無關於我，只是無心呈現著他們自己。

這一尺來大小的地面表層，以最未經整理的面貌，在我足前，撥弄著我的感受，我的思維，與語言能力。我寫著。

其實，這表層並不原始，只是教室旁石廊下略為經營過的一片小地皮而已。

（2009年某日文學創作課，中間下課時觀察，回教室上課與同學一起作自動書寫練習；2010.10.6整理成稿）

第二輯

# 加州落海涯散草

（散文）

# 飛騰的意志

陽光裏，我突然有飛騰的意志，我要奔。

廣闊的視野，疏落的房屋，連綿的草坪，沒有盡頭的公路，或高速，或不高速，總是路、路、路，走向廣闊，走向千里萬里。

陽光向陰霾的心底照得如同白晝，一片明亮，一片明亮。傷感的魅影，消失了。憂鬱的思維，蒸發了。飛騰，飛騰，片刻的歡欣，狂喜，飛騰啊！飛騰！

方向盤就握在我掌心裏，六十，六十，向東，向東，不！向西，向西，不，斜斜的向上，七十五度的飛騰，飛騰，飛向不斷的陽光。

手有力地握著，撐著。我發覺我的腳密密加快，在草坪上，如初生的獸，年青的蹄在塵土上踏踏而飛，在有彈性的草尖上跳躍。啊！那是生命的真姿。突然間，所有的腳都是輕快的，像許多的鹿腳，一一輕舉，一一踏下，又輕舉，年青人的步姿啊，在林間，在小徑，在草坪上。綠如碧，柔如絨，起伏的草坡上，年青人舒展其一一的丰姿，或蹲，或盤膝，或仰臥，或伏臥，赤足，男性露出胸肌如鐵的上身，像一一的希臘彫像，而女孩子們更是晶瑩透澈，許多穿戴三點式，讓自然的胴體，與草坪相綠，與陽光相紅。伊甸是在波濤湧起的草坡上。波濤，波濤，我心底的浪花，像舌，一一怒放，像劍，一一擊向藍天，啊，永遠碧藍、永遠澄明的穹蒼。

書，或在手，或在草坪上。但書頁也成了自然的一分子，讓微風翻動，讓陽光熱吻。那右手或左手，是撥動文明的弦琴，斜斜的字，像有著小小的翅膀，躍躍欲飛。

一群的鳥雀收斂了翅膀，也在草坪上，在書之旁，在人之側，三步一啄，兩步一昂首，一彎腿，一舒足，頗有鳥姿。偶或吱的一聲，飛向枝頭；於是群翅飛騰，吱喳四起，都飛向陽光裏。啊！飛騰，飛騰的生命。（1978.2.8於加州大學聖地牙哥校園）

# 綠色的沉默

我突然給綠色的沉默驚住，小白菜怯生生地露出泥土三五吋，淡綠的葉子三五片，正要向外怒放，卻又停住了；紫色的茄子，在疏落的葉子裏低垂，太瘦了，僅鼓起了二月孕婦似的身段。

芥蘭似乎過早就有了新生代的負累了，瘦瘦的菜梗，刀削的菜葉，而上端已聚了粒粒的花蕾，即使那豌豆，沿著細竹攀，那猛然伸出的有力的鬈鬚，斜斜出籬外，而所抓到的只是陌生的大氣，於是，頹然，那鬈鬚就只好無力地停於空中。

那是一大撮默默的眼神，蔬菜們互相默視，沉默，無限的沉默，似乎氣流也停止了活動了。籬笆是一列毫無表情的守衛，無奈地植於此，天空是單調的藍，單調的澄明，沒有春夏，沒有秋冬，也許籬旁已沒有花的一叢野菊，略能向蔬菜們傳遞季節的消息吧！

「喂！醒醒啊。」我不禁大聲地喊，蔬菜們似乎從沉默裏驚醒過來，然而，剎時間，他們又恢復原有的寂然，所有沉默的眼光都投向我。

我有點納罕，側頭看看左鄰的菜圃，那是約翰與安娜的菜圃，他們種了幾株番茄，長得又紅又大，在茂盛的葉叢中也頗耀眼，洋萵苣長得茂盛極了，一大叢一大叢地，綠得透明，葉末繞以紫色，最使我的眼睛妒忌的，莫如那洋種的香芹了；你道多大？就像一排排的綠珊瑚，插在菜圃裡。即使是那草莓，雖然沒有紅紅的果，但綠葉也繁茂得不見泥土，這些洋蔬菜，綠油油的，紅篤篤的，蓬勃的，舒展的，您道是多有生機就多有生機。加州四季如春的陽光啊，與他們的微笑相輝映。

兩個小洋男孩蹦蹦跳跳走入了菜圃，在草莓叢中摸了一陣子，又移到蕃茄樹旁去了。兩顆金髮頭靠在一起，一隻手臂橫伸了出來，啊！看到了，那是一條碧透的大蕃茄蟲，蟲在臂上蠕蠕的動，突然間，一個拔足而跑，一個叫喊著追上去。

二十來步，沙地上的孩子們幾乎都靠攏過去了，他們爭著、鬧著，玩著，蟲從掌心移到掌背，移到前臂、後臂，移到脖子上，嘻笑像抑揚的銀鈴，在清晨的空氣裏搖蕩。

兩具鞦韆正在盪著，年青的母親，正哄著一個兩三歲的小女孩，那溫柔的搖籃，那飛揚的金髮，盪呀盪！另一具鞦韆上也是一個小女孩，站姿、正嚼著口香糖，突然，一陣哭聲，我的視線移到高低架上，一個小黑女孩兩腳亂抖，離地，兩手吊在槓桿上，撐得直直的，哭聲裏帶點恐懼與痛楚，在旁的一位赤膊男士趕快過去，不哭了，擦擦眼；然而，她又再度爬上那高低架上去。

我默默的轉回頭來，棕色的塑膠水管繞著整整齊齊的菜畦，一頭接著圃角的水龍頭，新翻的泥土裏，種子在思索。（1978.1.24寫於加州大學聖地牙哥校園）

# 紅椒似火

校園裡有一棵紅椒似火的樹，我不知其名，就叫它紅椒樹吧！

這一大片人工草坪，潔淨、整齊、綠油油，陽光瀟灑地鍍上一層隱約的金黃。水管頭如花灑，在晨，在午，在熱騰騰的大氣裡，水珠澄明地一一散落，是人工的花灑，經過水龍頭，經過水壓，而形成的澄明的散落。男女學生就在沒噴水的地方坐著談笑，或者在草坪與草坪間的小水泥路上走著。絕不是野趣，絕不是鳥鳴山更幽。是一份文明的美麗，一份人工的修飾。為什麼一定要在孤冷的峰頂？為什麼要披一襲道袍，飄飄然？那潔淨、那綠、那金黃、那人聲、那陽光中澄明的散落，從水龍頭。

這一棵紅椒似火的樹，在綠油油的草坪上亭亭而立；在明媚的陽光裡，嫣然伸出其優美健康的身姿；這十八的佳人，美得如此溫暖，如此熱情，如此樂。那紅紅的椒，像紅紅的唇，像心底明媚的光焰，像陽光裡透明的十指。樹姿剛修剪過，就像資質優美的時裝模特兒，不經意地擺出一優美的藝術的身姿。那麼逗人，又那麼燦然。誰說人工不可奪天工？誰說人工不更把天工之美發揮出來？

想起杜甫的詩句：春寒翠袖薄，日暮依修竹。為什麼要春寒，為什麼要日暮？古典應是豔麗的，像不褪色的朱紅，像金碧的錦繡，不應只是魏晉的清冷，山林的野趣。太多的春寒，太多的日暮，是對身體不健康的。啊！美人！不要倚那修長清冷的竹子，走出來，走出來，讀我們對唱一曲山歌，掀起妳的蓋頭來。黛玉呀！妳的病就是太多的春愁，太多的日暮。花落了，就叫清道夫把它們掃去吧！

我願失去春寒翠袖薄的況味，換來株株紅椒似火的樹，在中國。（1978.8.18於加州大學聖地牙哥校園）

# 浪淘盡

浪濤聲裡．沉思。

這是真正的海，一面巨大無垠的鏡子，遠處是淡淡的一彎地平線，近處是白浪衝天，中處是不斷湧起的蒼勁的縐紋，潮湧奔逐而來，嘩的一聲，向兩旁延伸而消失了，這海，埋藏著多少憂鬱，多少洶湧，多少船隻，多少異寶，多少魚族，多少岩石；海，以其巨大的容量，以其莫測的豐富，雄偉地存在，這碧藍的表面是平靜的，但這平靜是各種力匯合成的平衡，是最有重量感，最深沉不過的。

海鷗在我頭上掠過，純白的翅的內側在藍空裡閃爍、飛翔。啊！屬於天、屬於海、屬於自由的動物啊！他會帶給我信息嗎？海太遼闊了。太平洋彼岸是地球的另一邊，是我心靈繫處。即使那海鷗遠渡重洋而來，經歷無窮的空間，雙翅帶著撩人的信息，我仍然是不安的，為什麼我要成為等待信息的人，而不是給予信息？

就像昨夜夢中，突然發覺自己的足跡那麼三三兩兩地在荒遠的地平線上，一步一步色澤愈淺，一步一步走向遙遠。而我曾向自己許諾，走向人群，人群，那喧鬧的聲音，那碰撞的熱，那汗臭，那笑容，那互相瞪著的眼神，叱喝，哭泣，那是最真實、最使人心悸的世界。

海以低沉的聲音拍擊著我心靈深處，我底心像是一列錯落的礁石，或高或低，黝黑而潮濕，其上攀了青苔，寄住了貝殼；向海，向漠然的海與天空，這巨大的海，伸開了臂彎，像兩隻碩大無朋的蟹膀，拊住這石頭上孤零零的沉思的我。

只有孤零零的我？我不禁笑將起來。

沙灘上，健美的身軀正興高采烈地逗引陽光，逗引在陽光中透明的海風；頭髮更不經意地賣弄其金黃，賣弄其繽紛的顏色。胴體，頭髮，沙，陽光，織成一片燦爛。這是沙灘上的伊甸。

這燦爛，在我的意識的邊緣撥弄。（1978.8.24於加州聖地牙哥市落海涯鎮海邊）

# 墨西哥邊城觀鬥牛記

鬥牛場有著古希臘半橢圓的劇場結構，觀眾席一排排向上向外排開。於是，觀眾就猶如奧林匹克的眾神，君臨其上，觀賞圓內人生的吶喊、雄辯、格殺以及偶爾的戲謔，從咄咄逼人的悲劇情緒裡暫時解放開來。果然，墨西哥邊城提宛納的鬥牛場，鄰近美國加州，在熱日炫眼之此刻，活像拉斯維加斯賭城（Las Vegas）的大骰子場，莊家的巨靈之掌一甩，骰子在大圓盆裏團團飛轉。但似乎，命運只讓骰子呈露其帶血腥色的紅。紅紅紅，在白色或玉色的骰子中央旋轉如炙熱的花。

勇士們服飾鮮豔。甲胄緊身，長馬靴，渾身閃閃發亮。雙手張著一面紅帛，英姿挺發，以挑戰的姿態等待著。橫柵一掀開，一匹黑牛雙角低頭，向前直衝，迎著牛的一位勇士不慌不忙地把身子一側，把紅布帛向旁一揮擺，就這樣地把這衝刺的牛帶開。當牛勒定牛步回將頭來時，四位勇士已散開，保持一定的距離，並靠近各自的堡壘。此時，牛狂勁十足，向鮮豔的勇士衝去。一躲，過去。再回頭，勇士奔向堡壘後。牛暴跳如雷，另一位服飾鮮豔的勇士站出來。於是，牛轉頭怒目，而勇士則向前邁近數步。停頓、凝視。紅布帛打橫伸出。

馬車一輛，緩緩而出。馬肚上裹著厚毯。一人持長矛。牛衝過來，牛角差點兒把馬肚勾傷。然而，長矛已於此刻把英勇的鬥牛刺傷。聽說，矛上沾有麻醉藥云云。

其時，鬥牛又狂、又怒、雙目炯炯。其時，服飾鮮豔的勇士們又活躍起來了。每人手持翎箭，尺來長，朝牛衝去，而牛也迎著他們迎撞。就在快要碰撞的千鈞一髮之際，翎箭從勇士手中脫手而出。終於，牛頸脊之間，豎立了四支搖搖欲墜鮮豔奪目的翎箭。血滴滴滴滴滴滴滴下來，染紅了鬃毛，紅紅一大片。

一位服飾鮮豔的勇士靠近受傷的牛。右手伸出紅布帛，引著牛盲目團團轉。另一隻手竟環抱牛身。於是，全場掌聲雷動。一轉又一轉，鬥牛與鬥牛勇士竟混而為一，在命運之驅使下，在喝采聲中轉又轉。勇士啊！您是否感到藏在那黑皮膚之下撲撲的心跳，與及那熱呼呼的體溫？我真擔心那紅紅的有腥味的血液會染濕了您鮮豔的青甲。

白熱的陽光，在向光的棚的這一邊，顯得特別刺眼。我意識茫然，視覺回到昔纔廳廊內啤酒吧台的喧鬧，進場上樓梯時的你擠我擁，與及鬥牛場外的街道與廣場，墨西哥風粗獷的陶藝、瓷瓶、瓷像、木板圍邊的磁磚，無人問津，而小孩們正張著嘴喊賣。此刻裡這些感官資料都濾成靜態的秩序，有如在指間慢慢逆回的一列底片。

雪亮的刺刀終於霍霍然舉起，把陽光反照得閃閃發亮。衝刺，雪的一聲，劍沒於牛身及鞘。牛頹然委地。（1981年初稿於加州。1995.9.18定稿於台北）

# 您，這一條富庶的長街

您，這一條富庶的長街，像連綴起來的一節又一節精緻而發亮的鱗片，以微有起伏的身姿，在富庶的美國加州落海崖鎮（La Jolla）蜿蜒而過。您，您的名字叫Girard，豪華地掠過這鎮的中心地帶，這避暑勝地、這老人養老的瀕太平洋之濱的小鎮，以您燈火燦明的超級市場，以您設計高雅而新穎的服裝店，以您什麼都昂貴得使人伸出舌頭的光怪陸離的各式商店。多年來，我一直要描繪您，您這橫在我心靈某深處癢癢的一條長蟒。當然，您清晰地知道我並不崇尚物質，而您卻偏偏以您富庶的姿態向我挑逗，向我這從遠古、從唐宋元明清下來對您而言是異鄉人的心靈挑逗，向我這經歷了二十世紀東方底貧窮、壓迫、戰禍、奮鬥的心靈挑逗。我就是愛您這一種挑逗。

只要我把您召來，您就或明或暗地出現在我眼前。那在街頭站崗的一座古老的名叫Colonial Inn的大旅館，給我的印象是一座古堡，是一個放大了千倍的圓竹籠，頁頁的窗開著或閉著。向海，向風，向街心，以自身展露一些歷史，一些屬於終將朽去而總或可以支撐一段時間的物質性的歷史。您帶頭牽引著兩排稍後建立起來的街道上的商店。是的，我應該用一具電影照相機，用十幅的移景鏡頭把您底全貌拍攝下來，然後摺起來，摺成一條龍。那麼，居中拱起來的一節，恐怕該是那有著尖尖的塔、富有西洋風的教堂吧？為什麼要說有西洋風呢？我不是描寫著西洋的風景嗎？原來，現代的建築已無所謂東西方了；而教堂的建築卻似乎永遠屬於西方，就像我們的廟宇，永遠屬於東方。

那麼，什麼建築物佔據著龍尾的位置呢？對了，這龍尾似乎是微微地往上翹。在我底記憶裏，您最末的一節是一家兼賣工藝品的花店。許多的繩子吊垂著許多的盆栽，吊垂著那屬於自然的綠的世界。綠是自然，是一樹碧無情的碧，是沒有忽來忽往的情緒的靜穆世界。然而，吊著這「綠」的吊繩，與及感覺著這「綠」的盆子，卻是從此間往南開車半小時便可到、不用Visa便可進去、毗連著美國邊境的墨西哥小鎮底賤價勞工的產品。

我曾經用手一次又一次掠過您光怪陸離的鱗片，那二十四小時發亮的窗櫥，那些別緻的玻璃器皿，如何反映著互掩的明暗；那些金銀器，如何在櫃台裏投下或淺或深的陰影；那店前用來招徠顧客以麻草織成的印地安婦，那些供買賣用的所謂古董，那些又紅又鮮的水果，那些各種色味的冰淇淋……。這些炫眼的鱗片，微微地一次又一次地逗弄著我底意識。當我遵循我思維的習慣而追問您底構成、您底意義時，您底發亮的鱗片不免洩露出內層的陰影；並且，竟活像一個又一個的字音，清晰地說著中產階級的語言。

您，這一條富庶的長街，我一直要描繪您。此刻，當我要作最後的著色時，我發覺在描繪您時，竟用了記號學的方法，設計了一個模型，把您彫塑成一條長龍，一條近代西方文明的長龍。（寫於歸國後1982年台北）

# 洛杉磯鱗爪

## 之一　初臨異域

八月二十號，對我而言，應是一個奇異的日子。二十號從臺北登機，在日本亂闖了五、六個小時，到達美國仍然是二十號。這日子，是給廣闊的太平洋拉長了嗎？太平洋的此岸與彼岸蘊含著多麼深的懷念啊！

一出洛杉磯機場，就看到一大群十三、四歲的女孩喧鬧著。我聽不出她們嚷些什麼，後來才知道是歡迎一個電影明星。看她們幾近神迷的揮叫，而其中還有黑髮裡亮著東方的眼睛的，我心裡就有點沈，沈到茫然的、有著憂鬱感的藍色的大海。

我發覺我置身於一個完全不同的世界。朋友鍾君夫婦及王君來接我，他們都說，美國就是這樣子的啦！他們駕車接我回寓所，走上所謂的「freeway」；車子就是這般的馳騁著，在一定的時速內，不可快，也不可慢，也不可以停車，除非轉到有出口的車道溜走。我打趣說，還叫什麼「freeway」，其實是最不free的路。

加州本是沙漠地帶，氣候非常乾燥，皮膚是不會有出汗的感覺的，因為汗一流出就被蒸發了。沿途的草坪與灌木叢都是人工灌溉的。南加州人真捨得用水，到處可見水管在不斷灑水，而他們的水是從北加州引進來的哩！這應是最人工化的城市了。我在洛杉磯逗留了三天，就把所見所聞的一鱗半爪報導一番！

## 之二　中國城

洛杉磯內有一座中國城（China Town）。我國的僑胞到了美國，往往都聚居一處，而形成所謂的中國城。其中以三藩市的中國城最大。此地的雖較小，但治安好，附近的人要買中國菜，吃中國飯，喝中國茶，都向中國城跑去。

最使我感動的，莫過於中國城廣場上的國父銅像了，如他鄉遇故人般格外的感到親切。這時，廣場上坐著兩個矮小的中國老人，一個帶著小氈帽，一個半捲了一隻褲管，抽著煙，曬著太陽，眼睛有點平淡的茫然，顏色乾乾的。這是道道地地的老華僑，和我十幾年前在香港看到的低下階層的居民沒有兩樣。他們沒有受過多少教育，就這樣漂洋過海，胼手胝足以糊口。他們沒法進入洋人社會，也缺少自身文化的滋養，就只是這樣茫然、失落、寂寥、乾乾的活著；然而，他們已習慣了。看到他們臉上風乾的顏色，我體會到那份老華僑的心態。

中國城只有兩條街。房子的建築雖然看得出是經過了人工刻意的修飾及誇張，但都別具中國的風格。這裡有餐廳、商店等，而販賣的食物，多是從臺灣或香港運來的。我一直感覺到這中國城比臺北更有中國味，是他們守舊嗎？還是臺北洋化得太厲害了？

城內還有些書店，可以買到香港、臺北的報紙，以及當地的中文報；陳列的書十居其九是武俠小說，不然就是臺北去的言情小說。旅居在美國的華僑太寂寞了，他們有時也需要這種半麻木式的消遣。

## 之三　好萊塢影城

我們參觀了好萊塢影城。這影城已經不拍片了，是專供參觀用的。門票也相當貴。遊客是乘坐一長列的鐵軌車繞著城內參觀。我看電影不多，對於明星，除了伊麗莎白．泰萊和李察．波頓外，一個也說不上來；而導遊卻大談其明星與電影，我就如在五里霧中。

值得一提的，也許是影城內的道具、背景與特殊裝置了。就背景而言，我們看到仿建的西部及其他城市，佔地很廣，影城耗資不少、由此可略窺一二。特殊裝置是為了拍攝精彩鏡頭，懾人魂魄用的。讓我作蜻蜓點水式的敘述吧！

當鐵軌車在斷橋下的水池經過，就看到斷橋在操縱下斷裂，兩根支柱下沉，霹靂過後，又恢復原狀，支柱又重新升起。這時我們的車已駛進斷橋上。至橋中，霹靂一聲，橋突下陷，驚呼聲四起，驚險萬分。半途，窄窄的斜坡上，水突傾瀉而下，暴雨滂沱，轟然巨樹擊向車窗，擊向座上乘客，美國小孩嚇得大哭，斷樹幾近窗沿而止。車駛向水面，到水邊時，一窄道的水突然乾去，車揚長而過，遠望似乎車子是在海中飛馳而過；電影中摩西渡紅海，便是這樣拍的。其實不過是闢一水坑，水可以隨時流乾、隨時填滿而已。又過一水面，水面有一機械人在垂釣，撲通一聲，船給釣著的大魚拉沈了。而水雷四處咚咚響。又有一條白鯨突然湧上，就在我窗前，大吼一聲，水花四濺，使我也為之一驚。《白鯨記》大概就是運用這些設計拍的吧！其後，又路過山洞，作雪崩的特寫鏡頭，車在雪白的洞裡迴轉下沈，好不駭人。

影城內還有十五分鐘的電視實地拍攝。我們參觀時，是拍所謂災難片。一個黑人在高樓射殺一個路人後又縱火逃亡，警察配同消防隊，終於把黑人逮捕歸案。拍攝時，一點也不緊張，演技更談不上好，但拍完時，場內兩邊的電視播映出來，卻是有聲有色，危機四伏。這全是靠預先排置的佈景，加上剪接的工夫和音響的效果等配合起來的。看來，所謂的電影藝術和真功夫的舞臺劇是不能相提並論的。

## 之四　加州理工學院

在臺北的時侯，就一直以沒有看到電視報導火星探測為憾，那麼盛大的壯舉，那麼偉大的一刻，居然因忙碌而錯過了。鍾君帶我到他就讀的學校走走，他的學校是加州理工學院（California Institute of Technology），簡稱C.I.T.。鍾君領我到一間辦公室去，四壁環列著海盜一號火星探測器兩天前（即一九七六年九月三日）首度著陸火星拍攝傳回來的照片。我不懂科學，只是用審美的眼光來觀察。火星就像月球一樣，充滿著坑洞，一片荒漠，有如一個迥異的原始世界。

鍾君是唸地震的。他說，加州一帶多地震，因此，地震學在加州是蠻吃得開的。談到這點，當然也提到最近大陸發生的地震。他告訴我說，通常地震帶是在大陸邊緣及海嶼帶，中國內陸地方居然產生接二連三的大地震，這使得許多地震學者發生興趣，同時這對某些地震學說而言，不啻是一項挑戰呢！

C.I.T.並不怎樣大，沒有校門，對外四通八達。校舍也不高，寧靜而不帶壓迫感。校內的教授很多都得到諾貝爾獎。如此的師資，又負責登陸火星等重大計畫，

學生薰浸其中，當然會對科學產生濃厚的興趣。我想，美國科學的成就，是有原因的。（1976.9.5於初臨加州洛杉磯）

第三輯

# 有星背情

（抒情科幻小說）

# 有星背情

## 一

黃皮膚、黑眼睛的小女孩伏在案上哭泣。實驗教室寂靜。清涼的爪如微霜秋後的雲，落在她右肩與脖子間，一股生命體之流，彷彿從觸及的部位流入她體內深處，那是鷹老師的手。鷹老師的原鄉是稱為林木之都的茂星。從電腦微晶磁片的親臨場境裡，如果您站在旻王星某高地眺望，太陽會擋住肉眼；但假如您透過濾光譜的操作，把太陽的物質性稀鬆，就可隱隱約約看到岩與樹又岩與樹豎立著的茂星，岩與樹底下的濃陰是星球間津津樂道的清涼陰海。有一回，她透過稀薄的太陽眺望岩樹欉欉的茂星，不知何故體內深處湧起一份認同感。她不源自茂星，她來自與茂星毗連的、屬於太陽系的有星。在這個宇宙大都會逍遙浮裡，有星落（落，群落之謂）可說是希有的族群。他們有著淒涼的、感人的身世。為數極少的有星落族群在茫茫太空裡到處顛沛流離，最後幸運地到達了大都會，並獲容許徙置到大都會遠郊偏僻處的疏蟻浮，有星上曾有過的吉普賽人，可說是有星落族群離鄉後生活的一個預喻。

我們今天的實驗是動力原理。動力最和諧的運動是靜力流，運動中沒有任何干擾，這種運動沒有能量消耗，得以生生不息，我們剛才冥坐時所獲得的恬息，就是靜力流經驗。動力的另一種運動是成壞流，它建立在異質與異衡上，是矛盾對立的激盪，它使萬物突變、聚散、但卻最終磨損、毀滅。靜力流與成壞流並存運動，一養息，一消耗，決定了萬物存在的時間長度。我們逍遙浮就是把握住靜力流而生生不息。力的養息與消耗運動最顯明見於大氣層現象。星球的運動除了宇宙間的引力架構外，包圍著星球外緣的大氣層，也起著一定的作用。風調雨順是靜力流現象，而氣候的各種突變乖離則是成壞流的激盪。成壞流在宇宙間訴說著許多淒涼的故事。

在大都會逍遙浮裡，星球人是用默語交流資訊，默語由極度精微的氣傳導，因而最精微的情愫也可以互相傳達、感受。只有在身體或情緒極度激盪時，才用聲音來表達。其實，這不能稱為表達，因為它沒有透過主體的積極中介，而只是被動的、機械的反射行為。鷹老師剛才這段力學原理，是用以氣為導體的默語進行。整個實驗室浸淫在氣的交流場域裡。

實驗室裡的孩童們是一個多族群的組合，約十來人，大部分人的頭像樹蓋，其餘有的像猴，有的像龜；身軀也頗有不同，有像飄盪的水母，有像哺乳類慣有的弧形體態；手與腳更是多樣，這邊伸出柔軟的爪，那邊節節露出摺合的肉管，有些居然如花瓣，彷彿散落卻又及時聚合。他們的共同點是走路是用跳的，像一群點水在荷葉如蓋如草原的綠波上初生的青蛙。聽說這樣可以讓他們的智心源充分發育，等到長大後他們才用平穩的步伐走路。現在他們在教室裡團坐著，身子還是動個不停，雖然所有的眼睛都注視著透明四方盒內的星球肖真儀。

突然，星球在視覺裡放大，佔據整個空間，而宇宙茫茫。大氣一片澄明，峰巒可見，顏色朱褐翠黃具有，大幅水面澄藍。其時，日出東方，日為大半個星球面披上薄金紗。晌午，一片綠紫金。黃昏時，萬霞湧動，千色沸騰，然後悠然淡去。接著，彎月如眉，泊於秋波眼湖之濱，球面上但見幽光浮蕩。星球慢慢自轉再自轉，剎那間轉出一排排一叢叢的建築物，或在頗有草木的平原上，或在禿禿的峰嶺凹平處，一一高聳如碑林。碑林，碑林，上面刻銘著什麼訊息的記號呢？近觀頗華麗，尤其是此刻的晚間，霓虹交錯粲然。稍遠，但仍在大氣層罩鍋裡面觀看，則是薄光瀰漫，瀰漫中隱約有物。然而，跳出鍋外，籠罩星球的大氣層此刻景象如何？

一抹褐灰中濃墨到處鬱結，到處纏綿，彷彿清理水墨畫後桌面皺摺的抹布，然而隔著更大而略起灰霧的水藍，彼岸那廂何以頗為澄明？它底隱約可辨的海岸線波濤以及林立的建築物，卻又向南為濃霧所掩而突然斷去。星球自轉，又見尚辨清藍的一塊北方，其狀如蟹，而其南又為幾乎是無際的灰褐與一些散亂的黑結所困，欲伸無力。星球自轉，如蒸鍋般的大氣層隨著它艱辛地轉動。星球自轉，踟躕不得前。大氣層像舊殘得難以想像的大棉被，棉絮不均，到處打結，甚至露出綻洞。星球費力向前，大氣層棉絮掙扎要流動。突然間，像銹久而突然得以發動的機器，星球與大氣層互相纏結絞動，絞前絞後，甚至略出軌道。突然間，星球像鬆了綁，大氣層像鬆了綁，旋轉，旋轉，加速旋轉、不斷加速旋轉，旋出軌道，爆裂開來。頓時，爆炸聲震耳欲破，無數石塊，大小殊異不同，騰飛翻滾，實驗室向外無窮擴展，彷彿成為一個親臨場景。

兒童們首度驚呼，各式頭軀手腳湧動。物質的極度不均會阻塞、鬱結而引爆，鷹老師解釋說。這就是有星淒涼的結局。

清涼的爪如微霜秋後的雲落在阿那她右肩與脖子間，一股生命體之流彷彿從觸及的部位流入體內深處，那是鷹老師的手。

# 二

什麼是有情？她劈頭便問。

有情是宇宙間萬物的自然引力，一份自然的關懷與融和。它是宇宙萬物間最幽微、最精微的動源與存在本質。但有情一落實到心靈界為存有，就似乎注定受到來自兩面的干擾，一是黏障，一是違障，而罕能得其氣韻生動的流轉。黏使到有情之流膠著而停滯不前，是有情之流的過猶不及，而違則是有情之流本身的違逆，與萬物間自然引發及相互關懷逆其道而行。兩者皆為背情。物界與心界皆有背情，而結局同一。妳很有慧根。一提問就能切入有星的關鍵處。我想妳一定每刻都惦記著有星，我深受感動。想到有星，我也不免感觸良多。

星際人類學教授耶含以緩慢的心流繼續說。

逍遙浮最資深的人類學教授也不免感觸？阿那試探著。自從那遙遠的有星在夢中向她招手以來，阿那就廢寢忘餐、著魔似地在太空人文資料館裡拚命翻找資料、閱讀、沈思。接近兩年的苦心探索，鷹老師對她一直很關心，兩年以來一直抽空和她討論有星的問題，並且輾轉為阿那安排到與大都會逍遙浮對有星研究最深的星際人類學教授耶含見面。

我們星際人類學家對有星有很大的興趣。我們對其中許多現象困惑不解並幾乎給迷住了。有星族群背情的艱辛度，就像大量星光關閉後黑邃無邊的雲，即使是久遠的逍遙情懷，也不免蒙上一層情緒波的陰影。請留意我是說艱辛——。

阿那感到逍遙浮中罕有的憂鬱的質素離子此刻淡淡地籠罩著教授全身，像陽光中的大地突然飄過浮雲。阿那面對全逍遙浮最權威的人類學教授原有的忐忑不安的心情，此刻已消失得無影無蹤，代之而來的卻是從心底油然生起的一份莫名的親切感與淡淡的憂傷。

我們人類學者在這類星際考古上是利用時光倒流聚鏡來重拍已消失的行星的歷史。妳知道什麼是時光倒流聚鏡拍攝術吧？

耶含教授恢復了平靜的心流。

那是用快於時光的速度把在時光中消逝的現象追回來加以拍攝。有星在時光之流中不斷衍化、突變，其現象的畫面無間地以光速向星際發送。如果我們的視覺或照相機鏡頭慢於光速，這些現象就等於不斷消失。如果相等，則是永恆的平行觀照。如果超過光速，就可以在宇宙中選一遠處做定點，把光色聚合，回溯拍攝所謂已消逝的歷史。

唔，清晰簡練。此刻，耶含教授與阿那的心流同時產生清亢的愉悅，交會在一起。

教授高興的隨手一指，鏡頭打開。隨著鏡頭的三角視覺的消失，面前展開一個嶄新的如真場域。阿那微微驚訝，但她很快就猜想到是鏡頭接到電腦的如真程式所致。此時，偌大的場面，密密麻麻的人群，一人高據講台，口沫橫飛。遠山一片暗綠。

我們的如真場域已經能重塑人類五官的世界。這是一場政治競選演講，這位政治人物正在強調他會堅持環境保護的理念，在開發鄉土引進工廠和商業區的同時，一定會做到零污染。妳看，他一直揮舞著右手，大呼著繁榮繁榮。

教授為阿那解釋著，阿那還沒學會有星的語言呢！這位有星上政治人物的發音，阿那聽起來有點扎耳，有點新鮮，有點滑稽。教授心流略微轉動。

然而，我們怎麼判斷五官相偕的心的世界究竟多真多偽呢？

教授微笑間如真場域的一角浮出了多色彩的心譜。

紫色的急促波動是有所依的，藍色的律動波是心的正常流動，但界乎紫色與藍色及其他色波間的近乎白色的空白所構成的不規則波紋，則是心與感官表達間的縫隙，也就是虛假空間。你看，這白色空間浮動得多厲害。當然，心譜只是一個跡近，而有星的語言又只是一個跡近，加上主體的自覺或不自覺，所謂虛假空間，當然更是模稜不定了。

教授稍作停頓。然後以略帶沈思的心流繼續。

太空人類考古學與科技息息相關。物質最為精微而又最有哲學含義的阿賴耶識（即藏識），其流轉譜的製作，導致我們逍遙浮的科學觀與科技幾乎完全改變，而最終兩者都獲得了意想不到的突破。

如真鏡頭繼續飛快地更動著，只見片光片影彷彿。

停住。一具雌性的裸身軀蹲在室內的角落，發著抖。慣於心流默語的阿那立刻感到從那身軀傳來不斷的輻射波，激盪而不規則——那輻射波從那雌性身軀的某中心發動，亂流般激盪著身軀上的一些樞紐，輻射到每一細胞，及於全身，然後輻射到室內的大氣成不規則波紋。阿那此時有如置身於氣流閉塞的漩渦中，渾身不舒服。一個攜著化學合成品的細長玻璃筒的雄性身軀靠近她，強拉著她的手臂，針筒猛然扎下去。現在雌性手臂以逼近鏡頭宛然呈現在阿那面前。偌大的毛孔海滿植毛髮如沼澤地，其中露出無數坑洞，有些皺摺，有些起膿，有些噗噗噗冒著氣泡。

停住。同一室內，現在角落改為床。同一女子，沒有掙扎，裸體躺在床上，於是花紋床墊上升起了具體的雌性起伏的線波。一具雄性的身軀壓上去。女子的臉側著朝向阿那。這側面的臉局部為鄰近的雄性頭部的投影所籠罩而略陰暗，睫毛交迭鎖住，兩葉色澤紅紫相混的唇因喉內的氣要外出而不自主地微張著。無以名狀的共感無窮無盡地從如真場域籠罩過來，阿那身軀整個給挖空，在空茫茫一片中，身軀懸擱在那兒，心懸擱在那兒。那身軀那心就彷彿懸擱自己面前，每個細胞都被激撞、給割裂，卻沒有波動。眼皮闔下來，睫毛緊緊鎖織著。

阿那頭垂下。人類學教授臉上皺摺著憂鬱。皺摺散去，接著以如歌的慢板的心波撫慰著阿那，像紫金但並不灼熱的晨曦，漫天遍野地灑在綿綿無盡的白羊群身上。

耶含教授一面用心波控著如真攝影機鈕，一面把心流的磨臼沈重地推進小半圈。

特別引起我興趣的是有星上的文學，尤其是他們所謂的後現代抒情小說。故事的連續性不再被模仿，而以作者的主體性去攝取、建構、虛擬一些能切入主體以及主體所認知的生存情境底層的片段或場景，達到一種如詩如潛意識陰影的品質；有趣的是，這些片段或場景到處散落在小說裡，甚至可以互相替換，讓讀者選擇。

阿耶教授心語之流停頓了一下。

在不明不暗的舞臺燈光下，他從後台踏著方步走出。只有他才知道他內心的波動、一種壓抑的波動。他用緩慢而有點屈折的腔調唱著：我陽上心陰平碎陽去斷陰去已陰上無陰平餘陰平臢陰去，末陰去許陽上有陰上餘陰平情陰平。他這次粉墨登場，是業餘的客串演出，是所謂的吊嗓子。但為何有恍如隔世的感覺呢？

斗室內男人試聽一些舊錄音帶以便丟棄。一長列的空白空白突然冒出一個沒洗淨的女人聲。半截，還夠不上一個單音。男人全身彷彿觸電，憂傷得失措在那裡。

現在如真鏡頭上出現的是一面螢光幕，浮現著上述的兩則書寫記號。教授把它譯為逍遙浮的資訊心流，並指出這兩則若並置一起，意義相同，在後現代抒情小說的傳統裡，可以互相對換，可以單選其一，也可以雙選，動動滑鼠便可。

抒情？阿那一副疑惑的表情。

這種抒情確實與抒及情的含義相違背。抒應該是自然的抒發，情應該是人與他者或物的自然關懷。然而，有星人屬於後猿類，他們一直處於異化的境地，物的世界，心的世界，無一倖免。後現代是一個關鍵時刻，蘊含著的異化能量，有非毀滅性內爆逆轉的可能，但卻走向痛苦緩減的掩蓋的合理化。後現代抒情小說的情不免是異化的背情，而抒也不免是斷斷續續的，像從污泥中擠出的殘水。連續性的擱置、片段與場景的隨意散落與任由選擇，後現代抒情小說這文類與異化主體息息相關。我們星際人類學者會問：在異化主體的背後是否朦朧地閃爍著一個真情的世界？如果有星人確實是走在從後猿類進化為人類的路上，這一個真情的世界怎麼能完全在有星人主體上消失呢？我們逍遙浮的光應該在遙遠的空際向他們晃照著的吧！

耶含教授泛起了微笑的心流。

教授與阿那相對側坐沈思著。其時，有星上如真的歷史畫面以一閃而過的零碎的殘跡，機械地在他們眼前不斷迅速消逝。宇宙茫茫，聚光鏡鏡頭閃爍，時間卻似乎靜止，意義似乎靜止。

我曾向家族探問我們大都會有星群落的來源。但似乎年代太久遠了，很多事跡已經湮沒，不復記憶，而且傳說相當分歧。阿那終於從心底重新升起了問題。

教授回過頭來，然後側頭朝向如真螢幕。

逍遙浮裡最富有傳奇色彩的倘佯船船長耶諾出現。葉叢翻疊又翻疊的雙眉與粗獷如椰鬃的黑鬍構成整個臉部，而眼鼻等器官則隱約在葉影疏處。這是耶諾船長的標誌臉孔，一看便可認出。但此刻精神抖擻，葉叢簌簌外放有聲，有別於漫畫裡所見的平板，正從船艙伸出。

我們在太空浮游時，看到有飛行器就要捲入黑洞，而這飛行器又沒有要改為靜氣流的跡象，便迅速用止光使他停住。倘佯船船長耶諾說。

一個如鳥的飛行器飛向漩渦攪動的黑茫茫。飛行器突然停住，艙內及艙身皆透亮一片，後方更拖著長長的亮光。

所謂止光，並非我們發出某種光，而是我們發出質能轉化程式把飛行必賴的後助力轉為熱轉為光，化解了其飛行。於是，飛行器後方就形成一抹光，故名止光。

阿那聽到耶諾船長深沈有力的心流旁白。

黑洞是不斷的漩渦，不斷的反芻，像女陰。固體物質在這反芻中會碎為塵，只有靜氣流才能通過。靜氣流是電離子不復陰陽時的流動。物質必須改變為靜氣流通過後才再恢復原有的物質性。對有星人來說，黑洞過後，就是茫茫的一片太虛，無窮無涯，只能用豁然開朗這一個詞彙來作喻況。

耶含教授補充說。

倘佯船靠近飛行器，耶諾船長漂浮到飛行器艙口。

這時阿那心波激動，瞪著黑眼睛注視如真場域裡的有星人。

我們把有星人的飛行器作了複製，把駕駛員一行五人接到機艙來，這就是逍遙浮有星群落的來源。你們在太空博物館看到的有星飛行器就是依複製程式製造出來的。有星人的飛行器的設計太僵硬，我們那時無法把它改為靜氣流。

有星人的飛行器後來怎麼了？

我想就如一般情形在太空消逝吧！

耶諾船長，以後難道您沒有心意要造訪有星？

我們多回造訪了有星，但越觀察越覺得困惑。我們也隨緣帶回來了十幾個有星人。

事實上，有星也有過它迷人之處，也有它輝煌的一面。我們逍遙浮從有星文化裡學到一些東西。教授心波憂鬱地補充說。

阿那想到逍遙浮有星群落目前的飄零，有如風雨後三四鳥兒在微秋葉兒疏落的枝椏上。阿那以緩慢憂傷的心流問道：

耶含教授，不知何故，我翻盡太空考古資料館，都查不到有關有星目前情形的資料？

我們星際人類學家對有星爆炸後的後續情形並不感興趣。想想，星球不斷爆炸、消失、聚合、誕生，無數的隕石與星塵在無涯的宇宙裡不斷翻滾、散落，有如飄風飄雨。

這些智慧之言沒有侷限麼？阿那反駁著。

教授只是笑而不答。

正當阿那為其冒失之言微感後悔之際，她感到從教授那邊傳來蒼老的、深邃的溫情，溫情裡帶著一份難以分辨的謎樣的微訊息。

## 三

實驗室的親臨場景在阿那幼少心靈裡打了一個解不開的、最為原初的生命情結。她那時才十三歲前後。這生命情結像一個蟲般的記號，掛在空中，向她招手。她常常神思恍惚地睜著眼注視著那旋動中的有星與及實驗室中哭泣中的自己。這生命情結在她所屬的逍遙浮文化與及無憂的少女生命裡時而隱藏、時而擴張、時而抑纏、時而抒發。多年來，她把心力幾乎全部投入有星的探索上，大部份課餘時間都泡在太空人文資料館裡，並藉鷹老師之助，兩年後得與有星研究的權威教授耶含見面請益。她現在十七歲了，已經結束學習部的課程，進入了自學部的第一階梯約兩年之譜，此刻正在實驗室裡。這是太空飛行器研發實驗室，有別於幼時的教學實驗室。她面對著電腦摹真器上展開的如真場域沈思。她撥動心念，於是時而身在飛行器艙裡，時而飛行器艙在茫茫太虛裡漂浮，時而太虛收縮而飛行器在旋動的星球間穿梭。飛行器的恆常狀態其狀如獅子頭，但可捲為平滑如鏡的水晶圓球，也可舒展稀鬆為多色的雲毯。她現在試圖為飛行器設計更多樣的可變樣式，並品味其美學質素及測試其功能。特別有意思的思考是究竟要不要有門：當飛行器著陸有星時，她要莊嚴地從梯門慢慢走下來，還是用再現身術（俗稱遁身術）颼的一聲電閃般降臨大地？

她陷入更深的沈思中，視覺又從身陷的如真虛象中恍惚出去。在這恍惚的視覺裡，她看到她與男孩一同乘坐嗅覺列車往射姑窟去。男孩叫阿毗，屬於逍遙浮的主要族群樹族，住在同一社區，年齡相若。

我從妳心靈深處隱約感到一種我從沒有接觸過的釋放不去的心波。一點點棉結，一點點荒遠。我無法解釋，我一直搜索。這心波與逍遙浮就是味道不同。有星藏在妳底心，有星也彷彿藏在我心。男孩說。

其時他倆首度在廣漠之野的大樹下野餐。樹影婆娑。他倆現在決定同坐嗅覺列車。原來，大都會逍遙浮有四種列車。視覺列車及聽覺列車速度最快，也最為普遍，是普通的交通工具。當然，速度並不是列車普遍是否的主要因素，而是不同的感官質感所致。嗅覺列車及觸覺列車屬於特殊列車。在嗅覺列車內，嗅覺的能源全部釋放，如果願意，還可以挪用他覺的能源，對自己全身的嗅能（即體臭）及周遭的嗅能充分的反應與感受。並且，列車上有濾臭器會把體內及周遭的惡臭除掉，並播送各種美妙而想像不到的嗅譜，讓人陶醉其中。無論如何，嗅覺列車內每一個人所擁有的嗅能的特殊品質都正在優美地釋放開來。男孩除了動物嗅能外，尚散發出一陣陣淡淡的樹香，我們幾乎嗅到其中的綠意。淡香從他身旁無止地飄過來，阿那感到彷彿跌入春夏之交的稀薄樹陰裡，無窮的舒適、無窮的遐思。樹香裡隱約著濃濃的、原始的、逗人的動物體臭。阿那在樹香裡偷偷地搜索那體臭、那蟲，嗅覺不自覺地朝向某些嗅能特殊又特濃的樞紐。突然，阿那身體引發了警訊，她把嗅覺的探索波停住。停住，阿那才發覺她的全部嗅能與男孩的全部嗅能像兩團薄霧般已經溶在一起了。他倆沈醉在嗅覺列車裡。此刻車廂內正飄送蘭花十二夢幻譜，一對拖鞋蘭正飄蕩在目所不及的無名幽蘭的空谷上。

眼前的飛行器又自由變化，球體伸出針狀的多角，像海裡的活針球，優美地旋啊旋。一群包括阿那在內的星球人在太空漂浮，無數的星球一波波向他們飛撞過來。他們迅速地躲閃，喘息，偶然一兩人被撞倒，發出驚呼聲。不久，眾星球人雙足錯落有致地在不斷奔來的眾星球間穿梭舞蹈，活像一群身姿殊異的蚊子，滑翔在一個又一個滾動而來的撞球表面。阿那和男孩牽手為不斷變化的普世視覺的一字，兩雙腳交錯有致地輕盈地踏眾星球面而飛。最後，女孩與男孩身姿併合為一，腳尖靜止在一個旋轉中閃爍微亮的星球面上，而此刻萬籟俱靜，宇宙沈沈。

一團心之流體籠在左側。如真場域上頓時轉為飛行艙的內部，而阿那身側瞬間多了一個男孩。

阿那淒然一笑。她以心流消去了艙內身旁的男孩。

阿那轉過頭來。發覺，不知何時，男孩已在她左側。實實在在，不是幻影，在她左側。

這男孩並非別人，正是阿毗。阿毗自從與阿那相識以來，就一直從旁參與有星的探索。進入自學部後，他選擇力學作為主科，未嘗與此無因。事實上，在飛行器的設計上，尤其在力學與多變形狀的關係上，他提供了很大的幫助。阿那許多美學的概念在飛行器上能夠落實並任意揮灑，部份得歸功於阿毗。

此時無聲勝有聲。但見飛行器在如真場域裡幻化著各種殊美的形狀，並且一路幻化下去。艙內也不斷變換著美的姿式，律動如舞。

## 四

在茫茫太虛中，獅頭般的飛行器一路上幻化出各種形狀，如水晶球，如彩雲毯，如多刺針球，散發出繽紛的顏色，各種美妙的音樂與嗅譜。飛行器釋化為靜氣流，如冥思時恬適的呼吸，無聲無臭地通過不斷反芻中的黑洞。無數繁星的宇宙海，懷抱著飛行器，像母親懷抱著親昵的嬰兒。告別了，逍遙浮。告別了，繁星海。

飛行器進入茫茫的有海，星群稀疏。從星際人類考古學的角度來說，有星上的族群屬於後猿類。他們是朝向所謂人類這一個類屬進化，但可惜一直沒有成功就消失了。其關鍵處在於有情這一個關卡。他們深深地背負著並同時難以想像地、極度地違背了有情。他們可謂背情得艱辛！從心物交流學的角度來說，有星上的漩渦爆裂，只是一個表層象徵。事實上，在有星這爆炸的一刻裡，後猿類的每一生命個體，已儲藏了足夠的能量來參與這個爆裂——這儲藏的能量也就是背情的能量啊！教授耶含的警語彷彿在大氣中緩緩地迴盪。

突然，星暴無端颳起。星暴過後，那悠揚的一直不斷的來自逍遙浮的通訊波中斷了，通訊器上只留下阿那阿那短促的心波記錄。天際茫茫，阿那心裏起了一陣莫名的、難耐的情緒，這情緒久久把她抓住。阿那於是把飛行器稀鬆為一抹多色的絮雲，並把它從西到東印在天際。這是與逍遙浮、與阿毗相繫的誓言。此刻，在那遙遠遙遠的前方，隱約可看到許多隕石的翻滾。眾隕石越來越大越明晰，有些燃燒如火球，有些深紅如炭，但有些已火燼僅剩下餘煙了。飛行器緩慢地飛入逼近身旁的隕石叢中。（1996.11.19完稿）

# 第四輯

# 感恩與懷念（詩）

# 左右看，還是山

## 之一

山的沈默與大塊
挑戰著
後現代的
殘缺與喧嘩

## 之二

山在我面前
我想像走進去
但總是走不進去
有壁

無論怎樣走
我只是浮貼
上去的
倏忽的
淡點

## 之三

山
面前
沈默

蒼翠
逼使我
觀照
自身的莽念
與妄念

## 之四

一隻鳥
飛入眼簾
撞山
失去了蹤影

## 之五

一隻黑鳥
闖入一大片綠色

山巒環抱著飛鳥
以母親的愛
鳥怎樣都飛不出去

## 之六

在山中
我尋找原罪的定義

捕獸器
荒棄的鏽色
彷彿黑洞的微粒
在荒野裏漂浮

## 之七

我看到
原本捆起來的藍睡袋
從殘破的黃背包掙出

山刀
映不亮
身分證
古早版在眼前放大

其實
我眼前是隱藏的奇萊北峰
不是南湖大山河谷

也不是中央尖峰頂
更談不上昔日
我們險些兒的山難（2006.12.30）

# 慈大同心圓宿舍夜眺

地平線終於以弧形出現
淡墨的湖泊
完整的
美的呈現

洪荒
億百千劫
誰料到
給一盞盞燈
點亮

閃爍
每一盞燈
隱藏著一個家
（或者人類的活動）
在廣漠的空間
一片清澄
差異不再

我視覺的驚訝
正禪機般滑進
無語的心（2006.10.26）

# 我白色的潛意識

白帶來亮光
不穩定的閃爍
我無意把它抓住

它介乎純然的白
與畫布的空無
之間
游離

某種白色會帶來恐懼
我的視覺

為甚麼蠕動著素縞衣的幽靈？

山中方一日
某天的長久以來
我視覺裡種植了一株野白合
草坪上拉出黑色的棺形教堂
長板凳排列著寂靜
天花板粲然白色

小女孩
沿著野百合小徑向我走來
詭譎的笑容
我永遠不會忘記

她的母親
臉凹瘦而側歪
微跛著腳
那是山靈最寵愛的女兒
父親是山東大漢
把這片山地開墾成
陽光普遍的穀場亮白亮白

突然
我發覺
就在此刻
我執筆的筆身
斜靠在我兩指間
以其詭譎的白色（2007.10.5）

# 感恩與懷念

## 井

井很秀氣
水不在深
不需轆轤
用妳兩隻手上下翻
雲雨
就在桶子裡
我故作不在意地

與身旁的鄉親閒話
話說
這井水
清清涼涼
無論多少桶子
下去
水永遠
上來

我深情地想像
一個年青的少婦
背著襁褓
身段斜斜橫過井口
妳在洗衣裳嗎？

妳會抬頭仰望繁星嗎？我問　母親（2007.11.25）

## 板凳

多少人坐過
多少紅漆翻修過
多少的歲月

我凝視
板凳上許多的身影
重疊、交錯
然後淡去

有些記憶
是不會磨滅的
越磨越亮
像鐮刀
拾穗時光
應該說更像
鄉愁的月
永遠掛在天邊
無聲地帶著我們跨過世紀與陰陽

父與子
他們的閒語
一些憂慮
還有黃熟的香蕉

有時是橙子
微爛的部分削去
露出白纖維與金黃的網
在年復一年的歲月裡
編織著他們的深情與存在

板凳
您要作證嗎？

正前方
拉進來一座他倆正拾級而上的紀念碑
浮雕著葡航海家達・迦馬的航海圖
要再度詮釋生命與歷史的虛幻嗎？我問（2007.11.25）

〔按〕井是在廣東省鶴山縣古勞村，板凳是在澳門達・迦馬公園。

# 鯉魚潭螢夜

這裏不是荒原
四月並不殘忍
翻轉為螢火的季節
湖畔草叢處
泛起了一角螢湖
遠處、近處
此處、彼處
景深鏡頭般的閃爍分明
尋偶的明滅
與天上閒置的夜雲與繁星
默默相對

夜把絢爛卸去
濃淡的墨色
滲透著絲絲的靛藍
正要化去時
忽又凝聚成塊
我們驚訝
我們在猜
這顆明星以何種角度
折射天上閃爍的位置
以及　它何時會隕落

花蓮，沒有玉繩低轉的古典
卻有山與湖
透著水墨

清淨的
畫意
（2008.4.6遊；同月九日稿）

〔按〕艾略特（T. S. Eliot）的名詩〈荒原〉（"Wasteland"）開首說，「四月是最殘忍的月份」，因為在荒原裡，草木無力更生，而春雨卻撥弄著它們生之慾。蘇軾〈洞仙歌〉下闕寫道，「起來攜素手，庭戶無聲。時見疏星度河漢。試問夜如何？夜已三更。金波淡，玉繩低轉。但屈指西風幾時來，卻不道流年暗中偷換」，此古典詩情也。

# 電話本及其變奏

電話簿
給黑色封住

突然驚覺
許多名字
已成為鬼

我懷念著他們

面貌
隱約在書寫名字的

背後

好重
好縹緲
的冊子
我的社交
貧瘠
一用
二十餘年（2009.2.28）

## 變奏一

黑色
殘破不成頁
我總是反反復復
翻
翻找的
是
心
的
缺位（2009.1.15）

## 變奏二

黑色
有時是鉛筆字

模糊

我應該把它再描
用耐久的墨？
還是
把它擦去？

再描
不準，筆畫會翹起，或者，

（看著鉛筆頂的髒橡皮
不免搔首踟躕）
唉！弄污了真字跡！（2009.3.15）

## 變奏三

生命的殘章
隱約在藍色的行草

意涵
滑動在文字的背後
感傷在
隙縫間

淡淡流出

彼岸太平洋湛藍的水
還衝擊著生鏽的指環嗎？

流離
號碼
在很久以後
往往變成隱密的旁喻
靜悄悄的躺在那兒（2009.4.6）

## 變奏四

有時

慢慢疏遠
淡淡的柳絮
最後隨風飄逝在意識之外

應該

在很久的一段時間
在意識的邊緣
殘餘著褪色的月暈
接近曉風殘月的意境

電話筒
不再驚動（2009.4.6）

# 我呼喚來一群外國詩人

## 一

序幕是
詩人看到
查普曼英譯後的荷馬史詩
驚訝
喻為望遠鏡倒轉後
天上唯一燦爛的星
潛意識的星海又無端掀起

我猶豫
捕捉
無從

## 二

此刻視覺落在
英國此岸峭壁下月光漂白的卵石灘上
潮來潮去
永恆的憂鬱的調子
從愛琴海顫動到法國彼岸來復

掛曰

鞋履

我以為沒去哪兒
事實也沒去哪兒

## 三

再接著的一位
自動書寫幻化為東方的扶箕
夜遂被磨成一圈圈難測的漣漪
洪荒的人頭獅身猛獸
歷史的雙漏斗與向天螺狀旋梯
世紀變動裏蠢蠢欲動

我卻願他的詩篇裏
流走著
瑠公圳的腳踏車、花傘、與羅裙

## 四

誰最能描繪歷史的遺憾？
時間的傷痛？
也許是英國浪漫名篇汀潭寺
法國大革命的激情
纏結著山水自我意識的回溯
失落的指環
濁水溪花園浮沈的寶特瓶與廢紙

藏著我個人東方的密碼

（2009.9.29創作課上自動書寫練習；2009.10.5修稿）

〔按〕詩篇先後指涉的是濟慈（John Keats）的"On First Lookingin to Chapman's Homer"、阿諾德（Mathew Arnold）的"Dover Beach"、葉慈（W. B. Yeats）的"The Second Coming"、華滋華斯（William Wordsworth）的"Tintern Abbey"。論者以為，濟慈這首詩。是他詩風創新的始軔；我用「倒轉」一語，解構其視野，意謂望遠鏡意象迴向書寫者自身，濟慈為詩壇新出現的星。從阿諾德這首名詩，我聽到了首次屬於真正意義的現代的聲音，蓋其在永恆的憂鬱的調子裡，在詩中未重寫的部分，切入到現代的多采而實荒涼無助與隨之而來的歇斯底里的愛情；這是我讀英詩的小小心得。葉慈對神秘主義素有興趣，而在晚年，更往往在夜間從事近似扶箕的自動書寫（記錄於其*Vision*一書），而葉慈詩中的近乎「原型」（archetype）的意象，往往來自於此。在這首名詩裡，神秘主義的原型意象與歷史文化兩個面向融合一起，以解釋現代與過去的現象與變化。華滋華斯這首名詩，新歷史主義以為，詩中Wye溪下游到處可見垃圾浮沉，而詩人則取視野於上游，以獲致其表達智心活動的山水意識，故本詩有「浮沈的寶特瓶與廢紙」一語。由於是自動書寫，英詩名篇與我的回應，若即若離，離比即往往更多些。最後。本詩所未重寫的涉及的英詩部分，實也是本人有意指涉的內容，這樣閱讀才得意義的全部。這是開放的，得由讀者自動參與。

# 筆

筆的影子
比天空還深邃

天之蒼
蒼其正色也
（每個文字工作者都在問）

無端
寫下囿字
在有無之間

讓鳥嘴占個字吧
六十而耳順

耳朵
更向下拉
拉出象徵長壽的小肉墜

有時
給字兒們牽引著
像父親厚重的手交給孩子
一路孩提去

在自動書寫裡（2009.10.13創作課上自動書寫練習；同月20日修稿）

〔按〕「天之蒼，蒼其正色也」，出自莊子。

# 落花猶似墜樓人

## ——富士康十三跳

山坳的叢林寂靜，千年
貧瘠的黃土沈默，萬年

跳躍的肉體
突然被鎖住
晶片上下跳躍
3587000次
我的手

想像，上游，150美金

算學程式向極微方向遞減
（火星文的簡約美學）
玫瑰般萎謝在人民幣50的下游製造
「surplus value」這個密碼
改寫為神學的三位一體：
附加價值、就業、與分工
於是，手機影像喧嘩渡洋而來
而道德的臉譜
可太像京劇的過場虛晃

門打不開
門打不開
打開了——

走在深圳特區
我感受到現代城市的冷漠
華麗與富庶背後的荒涼
遠方親人的牽掛
以及隱約向下拉的地心引力（2010.5.4）

〔按〕不安，在意象下湧動。「晶片上下跳躍／3587000次／我的手」這個虛擬意象，純出於其美學考量，用來象徵科技時代的勞動異化。「surplus value」，意為售價減去成本剩餘下來的財富，簡言之，盈餘是也，一般中譯為「剩餘價值」，語義或有不清。這個概念的簡單挑戰就是：盈餘誰拿去了？在企業跨國的「後資本主義」的當代，這個概念尚要挑戰生產成本的結構，也就是生產上下游的價值分配。深圳富士康的勞工悲劇，可說是「後資本主義」的經典例子，會不斷在不同的國度並以強弱不等的形式出現。深圳富士康工廠，二零一零年在短短的一月到八月間，十三個年輕男女工人相繼跳樓自殺，轟動中外。

富士康事件的事實，請參《亞洲週刊》二十四卷二十九期（2010-07-25）封面故事：〈富士康遇上中國——揭示悲劇根源〉（謝曉陽撰）。富士康事件發生後，與富士康有企業關係的美國產商，如iPod，曾作態表示關切。然而，世貿總幹事拉米指出，產業鏈上游的創新國家賺取了大部分利潤，下游的製造環節獲利最少；並以美商電子產品iPod為例，產品的價值一百五十美元，只有十美元來自中國製造商。

# 浮礁石

波紋把海
拉成蔚藍的網

我想像最自然的一刻
舟與水合一
文與紋

莊嚴　就是　水不揚波
婦人牽著孺子
沙洲上等待

我眼前看到
船頭浮沉
捕魚人
臉孔切割著無垠的海水與驚濤
而人們爭論
仙人還是先人來過

是水的湛藍
把釣魚的島浮起
歷史最好不要吵鬧進來
自然歸於自然（2010.9.21課堂自動書寫練習；同月二十九日修稿）

千年牛樟　　　古添洪作品

也許
生命本虛無
才拿起斧柄

流啊流
流到[illegible]的
流到跨海而來的
在深圳，氣候森嚴，圍牆
此刻，[illegible]變成一棵反[illegible]的[illegible]
[illegible]了機器與工人的卡通動作
樹皮都一一[illegible]成疙瘩
於 是 ， 飄 下
13片 零 落 的 葉 子
流 啊 流 ，
溜 啊 溜 ！

# 鳥無障礙，我觀看

## 一

鳥
豎腳
旋舞
在最纖細的草尖

## 二

鳥
以硬角質的小鉤管
相思般地吮飲著葉脈的汁液
以倒豎的美姿
薄翅伸出
顫顫然的雙斜面

## 三

鳥
身在此山中

## 四

薄如蝶翅
輕盈
翻一個筋斗
便把山旋轉過來

鳥
飛進山的內部
地心混沌初開
投身火焰
翩翩然回來
翅膀上閃爍著彩虹的幻影（2013.5.2）

# 第五輯

# 寫在政治的年代（詩）

# 秋興：一九八五

## 一

一把刀
又左一把刀
又交叉著右一把刀
所有的經濟犯罪與精神污染
猛砍著生態本自然的大地
猛砍著所有有心人的心
（當歷史的銅門再度打開
我在海之隅蹲著如一隻貓）

各地又像大躍進時期
秋來時到處流行著
萬元戶的神話
（深圳特區在視而不見下又要成為樣板戲）
難道忠實的統計數字真不能鼓舞
三十五年的自恥心？

后羿實在不該射殺三足鳥
害得滿地是喜鵲
只會散播喜訊

對不起，喜鵲
在這零亂的語言森林裡
我把您

記號化為一個您也覺得恥辱的
象徵

## 二

「向前看」是要很大的勇氣——
總覺得這些「ㄤ」與「ㄢ」元音響亮得輕浮
「忘卻」得太容易

在埋葬著滿地被侮辱的身軀
每一根蘆葦都吹著鬼泣的南京
我很難想像年輕人如何鼓起勇氣
搖著旗說

歡迎日本來的朋友

（英女皇
日本天皇
這些在政壇上褪色的皇室
卻在曾被欺凌的此間螢幕上頻頻打亮
營造肅靜迴避或者花絮與喧嘩——
一隻西方媒體催眠的手）

我沈思於記號學的世界
「政治」這詞彙已被閹割
這一個閹人在色情交錯的廿世紀末
一如AIDS高度危險群
到處污染

安得民主與民族自尊
盡庇大地如一片秋熟的禾如火（1986.5.17）

〔按〕鴉片戰爭（1839-1941）肇始於林則徐禁烟，中國戰敗，簽南京條約，除賠款外，並割讓香港，及至一九九七年談判從英國收回，而日本於第二次世界大戰中戰敗、投降，並接受軍事審判，但迄今尚未為其侵華及殺戮惡行正式道歉，實在不可思議。

# 讀《水滸傳》

所有活潑的草莽（註）
逼上梁山封禪以後
都不免木偶起來
也就是官僚主義起來
因此（要民主化水滸傳）
結局
必須再
打開

（註）亦讀作農民英雄（1986.8.27）

# 風箏的美學

線與方塊
在藍綿綿的穹蒼
拉扯著力的幾何圖案
風之逍遙
意念之流變

人獨立
主體
從無裏
成形出
許多流變的

美學空間

命雖同紙薄
不忍任飄零
讓昔日女子的感喟
隨風去罷！（1986.10.9）

〔按〕「命雖同紙薄，不忍任飄零」出自電影《搜書院》女主角放風箏場景中的自語。

# 我常常感冒

我生活在無菌的空間
蔬果洗乾淨
不出入公共場所
對帶菌者止步
因此喪失抵抗力
常常感冒

我想
我底思想也生活在
無菌的空間
因此

翻開報紙、雜誌
或一些所謂文學作品
或涉足於一些討論會時
常常
連打噴嚏（1987.2.4）

# 六書政治篇

——獻上這些負面的鏡子，為從政、沒有污染的人們打氣。他們的對手啊！
只是無物之物。我佛勇猛。我佛慈悲。一九九〇年十二月十日獻辭。

## 一曰　象形

隨體詰詘
（可惜素描太差）
最後詰詘得東歪西倒
（不成字體）
落得小學生抿唇而說

好醜

## 二曰　指事

哥兒們更不免復古起來
一股腦兒去學許慎
（也就是深得音訓三昧）
愛把指事
讀作指示

捧著經
唯唯諾諾
或賣弄連綿字

連說是是是

## 三日　會意

顯威「武」
講「信」用
自有另一番默契

近人最懂會意
官場上動輒作專題演講
然後連連鼓掌

## 四曰 形聲

仿
說書人
賣個關子

暫
從闕

簡言之
有聲
無形

## 五曰　轉注

考老是也
眼花時不免把「孝」字看作同體
於是把「孝經」大腿攤開到處勾搭

建類一首
同意相受
換言之
所謂轉注者
同聲同臭
絕不可把選票投給「黨」外

## 六曰　假借

登場的記號像一隻犬
伸出的
前腳是民主
卻被縮起來的後腳封建
猛扯（1987年初）

# 原住民社區所見

## 一

雨　長腳　亂踩在鐵皮屋上
在三公尺的低空
製造一些喧嘩
而回應他們的　卻是
裹在屋內的
從外面看不透的
（我只好稱之為）
一團沈默

優美的國語廣播女聲
在空中說　某人　有電話從埔里來

## 二

山挺拔而貧瘠
路迂迴而偶爾陡直
在山巒以綠臂環抱的緩漏斗裡
屋頂一一撐起
如蓋
偶爾三兩小孩倚籬張望
偶爾三兩老人或中年人在門前吃煙

## 三

幾個蒙上黑包頭的香菇寮在視覺鄰近
我眼睛看不見的叢叢果樹聽說在山上
一間小學
兩座教室

有時櫻花如醉
有時李花如絮
此時烏鳩正成群亂飛
在樹頂上穿梭成陣（1996.3.1）

〔按〕所見部落位於南投縣信義鄉。

# 陶之五行協奏曲

## 一　陶與五行

火蘊於木
此刻是蓮
此刻是山杉
葉葉節節開放
朝向天空

金爍於水
所有金質都游離

水盡
僅見沙粒

土屬於運動
旋轉不息於靜止
於是陶鈞擺盪
萬物流形

火火火

## 二　女媧與陶

釉淋漓

女媧的汗滴
火中爆裂如花
彩虹的光澤
游離至此停住
素白
畫工無視酒誥的拘謹
以最大量的意與渲染

大地穩重
虛心面對蒼穹　沈思
母系的陶的世界

## 三　陶與黃土高原

纏著金
絲絲的柔
纏著絲絲的剛
藏著火候
怒目
水的滋潤啊
木的生長啊
我心之所趨啊

陶在戰火裡磨練自己
陶在生之欲裡焚燒自己
至大無垠的陶鈞

在宇宙茫茫裡
慢慢旋轉
無為軸
彷彿靜止
愛的悠揚從陶的內部
層層旋轉
及於表層的紋理
聽啊，愛的悠揚
儘管釉彩有點剝落
不要驚慌
陶的堅韌
建立在金木水火土

## 四　陶的疏離

散落滿地
零碎的金木水火土
塑膠瓶
電腦晶片
生化實驗室會激盪出
什麼新病毒？

輕敲，女陶沙音低迴：
　　我在這裡好疏離，
　正好癡癡地等著你。
輕敲，男陶啞音低迴：
　我在這裡正在晚餐，

對面大螢幕廣告裡見到妳。

走在台北街頭
我看到人
靠巷牆蹲著身子
自言自語
不只一個、兩個、三個
被遺棄的 Frankenstein 陶俑

## 五 我想像的後現代陶

金自由地流徙
像閱讀時無拘無束地漂浮

經過湍灘，然後
用勁
拉出圓形，通天
斜伸
一直到頂
然後散開
一列繁星
（側著看是星群啊
正著看不過是許多點橘紅）

陶彫底部要營造
漂流木的感覺，大塊
向下生長
斜伸

剛要成長方形
又向右折回來
加大些加厚重些
彷彿要成正方形
不斷彷彿彷彿成形成形
其時木紋年輕流轉有如圓石

火
木心
焰形
不動

剎那間陶身到處有熛過的采釉
有的斑駁有的欲滴

紋面彷彿經過歲月的折磨
變得粗糙而寬厚
水從無數拈花
如花的佛手
從高處滴滴流下
滴滴滴……滴滴滴……滴滴……滴回去……

至於土
此回高懸
不再想負荷沈重的大地
或倏忽的東西有如微塵
就用雙手捏住生命汁液的乳房吧！（1996.2.21-1997.2.19）

# 作品發表繫年

## 〔第一輯〕放龜禪

〈11·22實驗8釐米〉，發表於《中國時報》〈人間副刊〉，1993.1.9；〈午馬神騰〉，發表於《那些年，我們在台灣》（台北：人間），2001春夏號；〈貓狗連篇〉，發表於《聯合報》（聯合副刊），1996.5.7；〈放龜禪〉，發表於《聯合報》（聯合副刊），1996.12.1；〈寧靜的窗口〉，發表於《中國時報》〈人間副刊〉，2000.1.28；〈微笑莊嚴禪〉，發表於《聯合報》（聯合副刊），2005.10.31；〈表層的素描練習：風格的形成〉，於本書首次發表。

## 〔第二輯〕加州落海涯散草

〈飛騰的意志〉，發表於《聯合報》（聯合副刊），1978.2.8；〈綠色的沉默〉，發表於《聯合報》（聯合副刊），1978.4.18；〈紅椒似火〉，發表於《聯合報》（聯合副刊），1978.8.18；〈浪淘盡〉，發表於《聯合報》（聯合副刊），1978.8.24；〈墨西哥邊城觀鬥牛記〉，發表於《聯合報》（聯合副刊），1995.11.13；〈您，這一條富庶的長街〉，發表於《中外文學》11卷8期，1983。〈洛衫磯鱗爪〉，稿成後不久發表於某刊物。

## 〔第三輯〕有星背情

〈有星背情〉，連載於《台灣日報》副刊，1999.2.9-14。

## 〔第四輯〕感恩與懷念

〈慈大同心圓宿舍夜眺〉，發表於《聯合報》（聯合副刊），2006.2.23。其餘皆於2006-2013間，在慈濟大學英美語文學系年度中英詩歌發表會發表。謝謝許紫涵同學為〈千年牛樟〉所作美工處理。

## 〔第五輯〕寫在政治的年代

〈秋興：一九八五〉發表於《中國時報》〈人間副刊〉，1986.7.23；〈讀水滸傳〉發表於《笠》135期，1986年10月；〈風箏的美學〉發表於《台灣日報》副刊，1996.10.9；〈我常常感冒〉發表於《文學界》23期，1987年8月；〈六書政治篇〉發表於《笠》162期，1991年4月；〈原住民社區所見〉發表於《笠》194期1996年6月；〈陶之五行協奏曲〉於本書首次發表。〔按〕這是《歸來》（1986）結集以後迄一九九四年的詩作。「在我們的時代，人類的命運取決於政治」，英國詩人葉慈（W. B. Yeats）在其〈政治〉（“Politics”）一詩正文前，引用德國小說家湯瑪斯．曼（Thomas Mann）的警語如此。我這些寫在台灣政治變動時期的詩篇，也不免沾上政治的騷味。

# 附錄

# 舊星洲漫憶

古解初 著

〔寫在前面〕古解初先生，雅好文學，並業餘從事寫作，以不同筆名發表於報章，但無意以文傳世，不求聞達，而所寫多為人間平常人平常事，可稱為真正的民間作家。解初先生年輕時跨越重洋，遠赴星洲謀生，抗日戰爭時回國參與後援工作，從此即蟄居於家鄉廣東省鶴山縣古勞村鄉間。筆者返鄉，得識故鄉耆老，引以為幸。解初先生應筆者之邀，於二〇〇〇年至二〇〇四年期間，以八十多歲之高齡，毅然將其昔日在星所見之狀況憶述，寫就《舊星洲漫憶》一稿，所記時間為新加坡一九三七年前後兩三年，目的在求後人一睹殖民統治時代星洲的困苦落後面貌，而知今日的繁榮富麗實在得來不易而倍加珍惜。讀來使人頗有感觸之處，昔日華人到星洲移民之景象，彷彿又重現人間，而行文裡，敘述行間，亦往往散發敘述回憶時淡淡的智慧之言，使人不覺有所省思。其中〈寂寞的園地〉一節，細述當時星洲文化生活及報刊狀況，堪稱最難得的一手的歷史資料。又其中〈在茫茫綠叢中〉之寫橡膠園，〈瘴氣籠罩著的地方〉之寫熱帶山嵐瘴氣，可謂傳神。〈我見到了差利．卓別靈〉，寫出差利．卓別靈平凡的生活風範，或亦是星洲民主氣候之濫觴與寫照乎？古添洪謹識。

## 之一　赴星航中

往事雖說如煙，但回想起來，卻往往令人不勝感慨。我於韶華正盛時到星洲生活了數年，而今，已是個白髮蒼蒼的垂暮老人了。展望目前，星洲的越來越年青興旺，使我喜悅，回顧過去，星洲昔日的落後陰暗面貌，又使我不禁黯然。雪泥鴻爪，雖是多餘，但留點痕跡，或可供後來者知道一點：星馬今日的繁榮幸福實在來之不易，而加以珍惜。故特把身歷目睹而記憶猶新的往事追記一些，以饗讀者。

我於一九三四年秋赴星洲，乘的是艘名干德羅素的意大利郵船，坐的是經濟二等艙。從香港到星洲航程雖只四天半，但在船上所見而可記之事頗多，現擇能顯示當時國內形勢的數事談談。我所住的艙房，共住四人，都是到新加坡登陸的，我以外，有一位是世居馬來亞吉隆坡的華僑青年，有兩位是在上海經營絲織畫生意的姓林中年潮州商人，我們萍水相逢，卻一見如故，相處得相當融洽。那華僑青年，僑居吉隆坡已數代，但一家人都熱愛著祖國，時常懷念著祖國，尤以他的祖父為甚，雖已七十多歲高齡，但由於在報紙上看到祖國的處境日艱，懷念祖國的心情也日殷，時常想親自回國看看祖國的狀況，但晚輩總擔心他受不了車船的苦累而加以勸阻。末了，只好由他代替祖父回國跑跑，把所見祖國近況回去告訴祖父，以慰他的老懷。懷著滿腔熱忱告別了家庭，回到了祖國，想不到剛踏上祖國的地面，就感到氣味不對頭，從廣州乘火車北上，在每個著名的大城市都逗留觀察一下，越行越見到現實和自己的想像距離越遠。當時，日本軍國主義者於強佔了我國東北數省之後，還繼續把魔爪向我國內地伸延，來勢咄咄逼人。國內則百業凋零、民生困苦，反飢餓、反壓迫、要求抗戰的呼聲充滿了全國，尤以知識份子和學生的鬥爭為激烈。這些情況，對一個熱愛祖國的華僑青年來說，又怎能不使他義憤滿胸，悲痛欲絕呢？到了上海，他實在再看不下去了，就憤然轉身回到香港，跟著乘這次船經星洲返家。一心以為帶點好消息以安慰老人家的，現在卻為此而背上了沉重包袱，回到家不知怎樣對祖父說話。年青人愛國心強、熱血正盛，只見他不時在咬牙切齒地叫嚷著：「我們祖國人口眾多、物資豐富，本應是十分強盛的，為什麼卻弄成這樣？為什麼卻弄成這樣啊！」聽了他的敘述和見到他的情緒，使我更深切地認識到華僑熱愛祖國的深情，而當時的祖國也實在太使他們失望了。

兩位姓林的潮州人都已是中年人，世故深了，說話比較含蓄，但當談起國內情勢和工商業狀況時，也不勝慨嘆，頻頻搖首嘆息地說：政府只知向工商界伸手要錢，卻完全不管他們的死活，有時甚至聽從外商的擺佈，對本國能與外國產品抗衡的店家加以壓制迫害，以加速它們的破產倒閉，更使人痛心。他們此行是因絲織畫在國內滯銷，所以特意到南洋去，冀圖開展銷路的，但結果怎樣？很難預料，內心還是很苦惱的。說話之時，憂慮心情，溢於言表。

在此次經濟二等艙的乘客中，有中國人、白種人、印度人、猶太人……，其中中國人約佔半數。中國人中，和我比較接近的，有一位是科倫坡中國領事館的工作人員，此次是回國探親後返科倫坡的；有三位是鐵道部派往英國學習鐵路建設的；

還有幾位是赴歐洲的留學生，此次是回國探親後重返歐洲去繼續學習的，他們都是年齡在三十歲以下的年青人，是我在餐廳和休息間邂逅而認識的。那科倫坡領事館的工作人員，是廣州人，和我語言相同，氣味也比較相投，所以交談比較多，對於初次遠航出國的我，旅程中還得到他們不少幫助，但當談及他的工作情況時，弱國外交人員的處境，他也倍感困難。最使我感到驚奇和佩服的，是幾位到英國學習鐵路建設和到歐洲留學的留學生，當著國難當頭，舉國大都心情冷落驚惶的時候，他們對於祖國的前途還是充滿著信心，他們都下定了決心到外國去學好本領，以備將來參加祖國建設，對於祖國當時所面臨的種種險惡困難，他們一致認為都不過是一時的，中國是絕對不會滅亡的。事後看來，他們當時存有預見。而正是由於不少有志者對祖國的前途充滿著信心，才使祖國始終堅強地站立在地球上。

華人乘客中，還有一位特殊的人物。他年約六十，身軀瘦長，上唇長著兩撇向下彎的鬍子、半圓形的護著嘴巴，身穿寬闊的淡黃色絲綢衣褲，腳穿黑絨面布鞋，手執鵝毛扇，扇著扇著，倒有點諸葛孔明的風度，看來是個舊官僚。他在香港上船時帶了些臘肉臘腸，船啟行後就拿出來在艙房內到處掛晾，以防變質，這些臘味是油膩膩的，弄肥弄髒了不少地方，意大利侍者加以制止，他不但不聽，反而用最粗俗的廣州話向對方大肆謾罵，事後還不斷向人訴說、叫人評理。他的臭罵，意大利侍者當然是聽不懂的，只感到這個人為什麼這麼蠻不講理。而我覺得奇怪的是：他竟然有這麼厚的臉皮還在不斷向人訴說和叫人評理。還有一件十分出人意外的事情。鴉片煙，是世界各國所同禁的，但他在香港上船時，竟有本領把鴉片煙膏和吸煙用具帶到船上。有天在休息間見到他和人下象棋，在思考中，突然見他舉右手、把拇指放在嘴前作抽煙狀，同時向對方發問：「你……嗎？」對方不解，他於是解釋說：「你抽大煙嗎？」大煙，是當時對鴉片的別稱，對方搖搖頭，他於是就自言自語地說：「你如果抽的話，我就帶你到我的房間去。」我倒想看看，可惜找不到機會。這樣的人，不管到那裡去，都只有給祖國和民族抹黑。

在海闊天空的洋面上，在經濟二等艙這個小天地中過了四天多生活，我所獲得的最好印象，是陌生者融洽相處的情況。他（她）們儘管種族不同、膚色各異，但不分男女，見面時都能以笑臉相對，有時還交談幾句，手抱的嬰兒間或還交換著抱抱。萍水偶遇的陌生者能如此融洽相處，這在社會上是罕見的。所以能夠致此的原因，我看是：各人的處境和身分雖不相同，但同是這一等級的乘客，在這方面是平等的、沒高下之分。其次，大家都是短暫的過客，沒權勢之爭，無利害關係。這些造成人類隔閡仇恨的因素不存在了，人們自然就能和平共處。從而使我推想到，假如社會上沒有了這些因素，人類就會過得多麼美滿幸福啊！

## 之二　新加坡給我的最初印象

晨早起來，跑到休息間外面的甲板上憑欄扶望，見到郵船已停靠在一個鋼筋水泥所建的碼頭上，知道已到新加坡了。舉目眺望一下，看到碼頭以外觸目盡是荒灘，除了一條柏油公路和疏疏的幾間木板廠房外，再沒見到其他建築物，我不禁懷疑，這就是有名的新加坡大商埠了嗎？為什麼荒涼一至於此？

在餐廳吃了頓較平日更豐盛的早餐，依依不捨地和幾位在船上所認識的萍水朋友一一握別後，到頭等船的餐廳去辦理了登陸手續，就隨著來接船的劉君離船登陸，坐上他雇來的小汽車，便向著市區進發。車行了約十多分鐘，就開始進入市區。車一面行，我一面留意觀察著兩旁的建築物，只見差不多全是磚木結構的，多數是兩三層，四層樓的很少見到，古老陳舊，質樸無華，連商店裡的陳設，也完全顯不出一點耀眼華麗的色彩，經營者都只求實際，毫不注意門面的裝飾。來往行人的穿著，也差不多都是樸樸實實的，很少見到光彩奪目的服裝。踏著陳舊的木板樓梯登上三樓進了親戚家。我這親戚本來是個中上人家，但他家內的陳設，也極平常，檯椅家具全是極普通的木家具，除了電燈，電風扇之外再無其他電器。當然，那時候，還未進入電器白熱化的時代，電視機、電冰箱、洗衣機、電唱機等高級電器還未出現，但其他電器裝飾還是有的，但他絕不追求。我看，講求實際，是當時星洲的良好社會風尚，人們在生活上但求過得去，不崇尚奢侈，更加沒有互相攀比的心理在作祟。到此，我才體會到來星洲之前，在香港有人提及新加坡時，就鄙屑地說它是咕喱（苦力）埠的原因。但這樣的風尚，在視覺上雖然少了些花花綠綠，而在生活上卻節省了不少無謂支銷與麻煩，如吃素食，清淡味永，更使人難於忘懷。

來時坐在的士裡一路的觀察中，除了市貌古老陳舊的感覺外，其次覺得新鮮的，是新加坡人種與服飾的複雜，再其次是新加坡電車與香港電車的不同，香港電車是有軌的、雙層的，新加坡電車卻是無軌的、沒有樓上的。

在新加坡住下之後，還見到新加坡有一種頗特殊的搭客小型巴士，也不知是公營的還是私營的。這些小巴，從後面敞開的門口上落，車廂兩旁相對的安置著兩列沒有間格的坐位，每次可乘坐四到六人。這樣的小巴，看來數量不少，在馬路上小鼠似的穿插著，在兜載乘客，就像現在不少城市所有的舉手即停的的士。使人見了，感到馬路上有點混亂。

還有些替人載運貨物的牛車，一頭或兩頭壯健的大牛拖著個大木架，兩個很顯眼的大木輪夾在木架的兩旁，一個壯漢坐在木架前的橫板上駕御著拖車的牛，和照顧貨物的上落。有些還在身旁放著個竹畚箕，預備裝載牛糞，以免弄髒馬路，但在馬路上仍然常會見到一堆堆的遺下的牛糞。在一向頗為著名的商埠裡，這樣的運輸工具實在太落後了。由此使我聯想到，牛車水這一地名之得來，不知是否源於此？當時這一地區還未有自來水供應，居民食用水，只好用這樣的牛車運來。

可是並沒有多久，這兩種交通和運輸的工具，一下子就完全絕了跡了，絲毫影子再也見不到。我當時十分佩服這種迅速而又徹底的改革精神。

## 之三　一個海外桃源的毀滅

在大海包圍著的新加坡，時常可以吃到鮮活的鰱、鯇、鯉、鯽等淡水魚類和新摘上市的家鄉常吃的蔬菜，使遠離家鄉、置身海外的人們，每吃到它們，就彷彿有如回到家鄉，感到有點溫暖。

能得到這樣的享受，首先就要感謝這些遠離家鄉到海外從事種植養魚的同胞們。在當時遠離新加坡市區的一個偏僻的郊區，就有這樣的一群同胞。不知他們從哪個年代起，到這個偏僻的角落來，開魚塘，放養家鄉魚塘所養的魚類；闢菜地，種植家鄉農人常種的蔬菜，同時還飼養些牲畜，供應市區人的食用，藉以謀生。他們與家人和一些同鄉聚居於此，各立門戶，幹著家鄉同樣的工作，過著家鄉農民同樣的生活與習慣，儼然把家鄉搬到海外這個地方來，組成一條小村。所不同於祖家的是：這裡沒有苛捐攤派，免受兵丁盜賊之災，可以自由自在地過著生活；南洋的氣候常年是夏，雨量均勻，大落大過，不必遭受嚴寒和霪雨潮濕之苦，且很有利於魚類、牲畜和蔬菜的生長；這裡是塊遠離市區的荒僻之地，人跡罕至，而他們又是一群善良勤勞的自食其力者，對社會毫無不良影響，也完全不為社會所注意，就得絲毫不受干擾的過著寧靜安適的世外般的生活。陶淵明所幻想出來的理想世界桃花源，面世以來，直至而今，羨煞了幾許幾許人。我想其美滿，也不過如是。

但想起他們創業時的困苦艱巨，也實在令人感動欽佩，沒有愚公般的移山精神，就絕不會有他們的今日。

能任由他們如此自由地開發，則這個地方當日的荒蕪無人跡可以想見。這樣的地方，必然是雜草漫生，荊棘遍地，野生動物與毒蛇猛獸棲息活動其間。要開發它，就必先披荊斬棘，剷除雜草，與毒蛇猛獸、惡蟲瘴氣作鬥爭。在這一步取得勝利後，才開荒土地，挖掘魚塘。當是時，挖土機還未有發明，縱使有，他們也無條件享受，只能用鋤頭一鋤一鋤的鋤，對泥土則用畚箕一挑一挑的挑，經過多長時間，才能挑出一口魚塘來，又經過幾許時間，才能儲足一塘可以放養魚類的淡水。稍有點農業知識者都懂得，不管土地還是魚塘，不是一開發出來就可以使蔬菜和魚類生長的，必要經過相當時期的管理施肥，才能使其逐步腐熟，適於蔬菜和魚類的生長。在這段長期間裡，工作多麼艱辛，且只有付出而全無收入。但他們克服萬難，埋頭苦幹，終於由無到有，由小到大，由少到多，創造出這條家鄉式的小農村來，在此耕作生活，成家立室，養兒育女，並且一代傳給一代。滿以為從此世世代代就可以在此永久生活繁衍下去了。

誰能料到？殖民者突來的一個措施，就把這一切都完全成為泡影，就使這裡全部男女老幼一下子都失去了生活依靠，成為無家可歸、無業可就的流浪人，徬徨異地。

大約是一九三五年的年中吧（確實日期記不起了，手頭上也沒有可查的資料）。新加坡殖民政府突然宣佈，這裡的魚塘滋生蚊蟲，影響衛生，要加以銷毀填平。這突來的一個命令，簡直有如晴天霹靂，把這裡的人全都擊暈了，立刻驚惶得有如一群遭劫的螞蟻。魚塘是不會滋生蚊蟲的，因為蚊的幼蟲孓孑是魚類的美食，怎能讓它孵化成蟲呢？這是很普通的常識，又怎能因此把他們數代艱苦創建起來的生存依靠毀滅了呢？於是他們組織起來，一面向政府請願，要求取消這一措施，一面向華文報紙請求支援。

到了這時候，人們才知道，新加坡的郊區原來有這麼一條中國農民聚居的小農村。於是華文報紙的記者紛紛前往採訪並在報紙上代為呼籲請求。可是，中國當時是弱國，國家尚且不為別人所看重，更何況是華文報紙的幾聲呼籲和一群中國蟻民的一點請願。計畫不但不見取消，並且實際行動起來了。殖民者動工加速挖溝，把海水引進淡水的魚塘裡，溝一挖通，海水便源源從大海流進魚塘來，淡水魚類一遇到苦鹹的海水，便翻身浮上水面隨之就死亡了。菜地上的蔬菜沒有淡水澆灌，也紛紛枯萎了。連帶著的，環境突變，豬和雞鴨一時也受不了而處於半死半活的狀態中。毀了！一切都毀了！災難真的到來了！這裡人突然遭受此致命的打擊，頓時手足無措，搶地呼天，哭哭啼啼，但都是徒然。

殖民者只顧加緊對這地方的破壞摧毀，但對這地方原來的居民則不見有任何善後措施。出於對落難僑胞的幫助，華文報紙的工作者更激憤起來了，他們頻頻到這地區去採訪，把這地區被破壞的慘狀和居民流離失所的苦況作了詳細報導刊登在最主要的版面上，文內還附上現場所攝的照片，看了使人感到觸目驚心，不忍卒看，以求引起社會的廣泛注意，並冀圖使殖民者對該地的破壞稍為手下留情。但一切都無補於事。寄人籬下，惟有低頭忍受，還有什麼可說的？

一切無效之後，最後所剩的，就只有大力向社會呼籲，給予這些落難者救濟幫助的一法了。

哄動了一個時期，這件事就逐漸歸於沉寂，隨著時日的消失，後來更逐漸為人們所遺忘了。

但在數月之後，報紙上又突然提到了這個地方。原來，這一帶已被完全平整了，政府計畫在此修建一個飛機場。至於原來在此地生活的那些中國農人，他們現在的情況又是怎樣的呢？報紙上並不見有提及，也就不得而知了。

## 之四　馬路上有時出現的鐵絲籠

人是要生活的。找不到工做而又領不到小販牌照，為了存活，就只好冒險做做無牌小販，過著無奈的「走鬼」生活，這是貧困者所採取的一種暫時維持生計的手段。當時在星洲的市區內，就時常可以見到以此維生的僑胞，他（她）們所做的差不多都是極小本的生意，所入僅足以糊口。每當見到他們那驚驚惶惶，閃閃縮縮的探索神色，情緒軟弱的我，就總不免會引起點同情。無牌小販確有其影響市容，妨礙市區的弊病，應予禁止。我的寫此，絕非為他們鳴屈叫冤，而是想談談當時在星洲生活著的僑胞，其中處於困境的，數量不少。對於「走鬼」問題，我也認為這是社會應負的責任，社會不負起責任而歸罪於他們，這是不公平的，難道要他們全都活活餓死嗎？稍能安定地求得兩餐，誰願過著這樣的生活？

閑話不多談，現在，我且談談當時馬路上有時出現的鐵絲籠。

當時在新加坡的馬路上，有時會出現一種特殊裝置的大卡車，兩旁是粗鐵絲組成的網，車後是兩扇可開闔的同樣的鐵絲網門，純然是個大鐵絲籠。這種車，當然不是客車，也不是貨車，初見的人，也不知道它是作什麼用的。這種車，威力很大，無牌小販一見到它，就像野兔見到了獵狗，老鼠見到了蛇，心驚肉跳，奔避唯恐不及，但大都已是遲了。它是專做為對付無牌小販的一種工具，但它並不直接去逮捕無牌小販，而是到馬路的一側停放著，開了後門，等待被抓的無牌小販陸續送到，就開進去，滿車了，就開到「馬打寮」（警署）去，它是專司這任務的。

直接去逮捕無牌小販的，是另一群「馬打」（警察）。他們獵狗似的分散在附近一帶馬路上搜捕，一見到無牌小販就窮追猛抓，抓到了，就緊緊把他推向鐵絲籠車停放的方向去，到了鐵絲門後就一把推進去，來一個，關一個，來兩個，關一雙。至於他們那些少得可憐的貨物和裝載擺賣的工具呢？那就不是政府和抓人者所關心的，只有各安天命，大都散失了。罰款釋放後，又得再籌本錢，這在窮人來說，多麼困難啊！幾次被捕，還有被逮解出境的危險。

每當見到鐵絲籠擠滿了頹喪失望而又無奈的被囚者像一群牲畜似的開向警署去，不少人都會因而引起同情心，從而在想著：他們不過是為了生活而無牌賣點東西罷了，非偷非搶，不是犯什麼大罪，為什麼卻要受這麼大的懲治侮辱呢？他們中，差不多全部是華人，在華人林立的地方，使見者感到愛莫能助。捕人者中，有些還是穿著警服的華人。我曾見過一個血氣方剛的華僑青年，指著個正推著被捕者前行的華警狠狠地罵：「大家同是中國人，你為什麼這麼狠心拉他？」捕人者沒理他，只顧狠抓著獵物推向前行。也難怪他，這是他的職責，他也是要養家和吃飯的啊。怪只能怪人世間愛的難於普及，正如古人所慨嘆的：「羌笛何須怨楊柳？春風不度玉門關！」更何況，這種現象，並非當時的星洲所獨有，而是世界上許多城市都同樣存在的呢！

當時，我曾聽過一個過慣了「走鬼」生活的人說：「每逢『馬打』出糧之前，是拉得最緊的。」所言如此，不知是否。

## 之五　我見到了差利・卓別靈

當希特拉最囂張得意的時候，世界上一切專制獨裁者和他們的徒子徒孫們都像他們已樹立了一面光輝的大旗似的而蠢蠢欲動，氣燄高張。有些大國的當權者則害怕他有如老虎，深恐觸怒了牠而被牠傷害。差利，卓別靈不過是個無權無勢的電影工作者，對他卻絲毫不畏懼，敢於正面向他挑戰，衝破種種威脅恐嚇和阻擾，毅然編演攝製了《大獨裁者》一片，對他肆意無情的嘲諷，揭破其實質，告訴全世界，不要害怕他貌似強大，實際上不過是個十分虛弱而又滑稽可笑的小丑而已。

此片在新加坡上映時，觀眾的擁擠程度就不用說了，看了以後，就像十分燥熱時服了一服清涼劑，精神不禁為之一爽。片中許多細節，使觀眾於大笑之餘，還受到不少深刻的啟示，例如：希特拉的帽徽是卍，他則是垂直的兩個××，這意思是胡鬧。他和莫索里尼比高，結果卻把頭撞痛了。他和莫索里尼在玩弄地球氣球，結果把地球弄破了。特別是希特拉自以為十分神氣的這一撮小鬚子，恰巧是差利・卓別靈一向扮演角色的特徵之一，這個巧合，更給希特拉以幽默無情的諷刺。當時，希特拉正大肆排猶，片中所展現出來的猶太人遭受劫害的驚惶苦難景況，使人非常同情。他飾演希特拉一角，把希特拉那剛愎自用，反覆無常，怪僻乖戾性格，刻畫得淋漓盡致，維妙維肖，使觀眾在大笑之中更憎恨其心腸的毒辣與行為的可鄙可悲而由衷加以鄙視。它雖然是個虛構的故事，演的也不是希特拉和莫索里尼，但誰看了都明白，指的就是他們。

《大獨裁者》攝影完成並公映後，希特拉被氣得七竅生煙，但又沒奈他何，差利．卓別靈勝利了。在第二次世界大戰戰火正將燃燒的前夕，差利．卓別靈敢於高舉起正義之手，大聲疾呼：反對戰爭！維護和平！正氣凜然，多麼可敬。

在當時，這部片的製成上映，實不啻一服救世的適時良藥，惜乎未能得到世界上有力者的重視，及時撲滅凶焰，致令世界第二次大戰爆發，使人類遭受了一場很大的劫難。

我是個電影迷，凡是對社會有點現實意義的影片，都要看，尤其愛看差利．卓別靈所自編自導和自己所主演的影片，因它們觸及時代，反映各個時期的社會趨勢，站在貧苦者的立場上，予權勢富有者的無情的嘲笑，從而揭穿問題的實質。看了《大獨裁者》之後，我對差利·卓別靈更佩服了。

就在《大獨裁者》放映之後不久，我有晚到大世界遊樂場內的拳賽場去看西洋拳賽，在最後一場重量級的比賽還未舉行，先由幾場輕量級的在比賽著的時候，突然聽到觀眾中有人在高呼著：「哈囉，差利！差利！」緊跟著，觀眾座中有點騷動了，有些人站起來，拍著手，同時也隨著歡呼：「哈囉，差利！差利！」我向人們正在注視著呼叫著的方向望去，一個中等身材穿著整齊的白種人正在進來。演著戲的差利·卓別靈，我固然時常在銀幕上看見，由於對他所主演的影片有點特別愛好，對於他平日在畫報或電影雜誌上所印出的照片也特別留心，所以一眼便認出，進來的確實是遐邇知名的電影大明星差利·卓別靈。只見他微笑著，舉起右手，作為對歡迎者的回敬，接著，就找了個座位坐下，便注視著拳賽台上的比賽，再沒有其他動作，表現得十分文雅優靜。觀眾們也跟著回復了原來的狀態，專注著拳賽，並為對賽的雙方喝采和打氣，直至終場。散場後，就各跑各的，並沒有因為差利·卓別靈的到來而興起過任何高潮。

原來，差利·卓別靈於每完成一部影片後，就愛作一次世界旅遊，以舒緩一下身心。此次是《大獨裁者》一片完成後，作同樣旅遊時路過星洲，是遠道來觀看拳賽的。

他的影片是我所喜愛的，他的為人尤其使人尊敬。世界上如此赫赫有名望有地位的電影大明星，但卻這麼平凡，這麼謙虛，一點自滿的架子也沒有，這真難得。能見見他，雖只短短一瞬，我也認為是我個人畢生之幸。

## 之六　馬海沉淪

我的摯友劉宗漢君，生性善良、品行端正、待人忠誠、生活樸素、絕無惡習、煙酒不沾，他實是個人世間難得的完人。但愛賭馬，只因這一點嗜好，就使他終身困厄，直至死亡。

他世居廣州，一家只有三口人，老母、妻室和他，也無親人，純然是個孤苦零仃的家庭。但為了生活，他迫得留下女人在廣州照顧母親，獨自到了新加坡做工。

在新加坡，任職在一所印刷廠，因他為人忠誠而又中英文都懂，深得老板的信任倚重，委以重職，每月工資頗高。他個人零用甚儉，母和妻在廣州的生活開支也很節省，故每月匯回家的家用不多。他到星洲傭工數十年，最大的支銷是每隔兩三年就回廣州探家一次，每次居住一兩個月，但這期間的使用也不大。如此算來，他手頭上的積蓄肯定不少了吧？可是，實際上，沒有！真的沒有！他雖然不至於窮到剩得兩袖清風，但是積蓄總不多。那麼，他的錢都到哪裡去了？我所確知，都「進貢」給馬會去了。

他年年加入馬會，差不多成了馬會的固定會員。每到賽馬期間，工餘之暇，就整個身心掛「馬經」上，想的是馬，談的也是馬。到了賽馬之日，一進馬場，在每場開賽前，就按著自己的「貼士」投買自己心目中的馬。但投注的結果，總是事與願違，手裡拿著的，都是廢票。每次到馬會賭生馬，差不多都是興高采烈的去，帶著懊惱的心情垂頭喪氣而歸。有時偶爾贏得一百幾十元或二、三百元，就喜悅到不得了，至於過去累計輸掉了多少，就全不計了。而所贏得的，下次再進場，又奉還給馬會，且連自己錢包的也陪上。每注五元，每個賽馬日都賽幾場，即使每場只投一注，一天就要輸掉幾十元，每年要賽很多天馬，總計起來，全年要輸去多少？一個全靠工資收入的人，儘管工資較高而又十分節儉，也能應付得過來嗎？你叫他的積蓄怎能多起來？這是他到馬場去賭生馬的情況。至於買馬票，這個發財的機會他當然也不會放過。因而，宗漢君外表上雖還是一樣的安靜，但在內心裡則更為焦急了，因為買馬票也是同樣的只有虛擲錢。

求解困於僥倖的獲得，誰也知道這是最虛妄的追求，這道理宗漢君也是明白的；但他為什麼明知卻又向此全心投入呢？實有他的苦衷在。

他家人口稀少，親故不多，只有女人侍奉著老母在廣州過著孤清的生活，而他生性十分敬母愛妻，時刻不願和她們長期分離。他是家中的獨生子，他家數代人丁單薄，他負有重大的傳宗接代責任，而他結婚以後，一直和女人離多聚少，故還是無兒無女，這叫他怎能不時刻心焦如焚，而極於想回廣州去呢？由於以上兩個原因，他雖然時常身在星洲，但心則無時無刻不繫在廣州，而極盼著儘速回去。要達到這個目的，最快捷的辦法，無過於買馬票和賭馬了，因而就把整個身心投了進去，以至於泥足深陷，沉淪在馬海中無法自拔。

結果呢？他始終未能因賭馬而致富，未能達到回廣州與母和妻一同生活的目的，反而在剛將進入老齡的時候，就因猝然發病死亡在星洲，能回到廣州的，只有他的骨灰而已。他一生傭工，一生節儉，但死後遺資卻少得可憐。在他死後不久，他的老母親也在廣州因病去世。而今，只剩下個衰老了的女人在廣州伶仃孤苦地過著生活。這使我每一想及，就不禁鼻酸。

這是我所確知的我的摯友劉宗漢君因迷馬所得的結果。和他有著同樣追求而又陷於差不多失望的，我想，肯定不會少，但我不知，也就成為平安無事了，世間幾許悲酸事就是在這樣的默默中埋沒了的。

本來，賭博是賭，賭馬也是賭，但它們的命運卻完全不同。賭博是犯法的，嚴禁的，它被社會認定是一種最壞的劣行，愛賭的人，被認為是可恥的，會受到別人的非議，鄙視和不信任。可是賭馬就不同了，它是政府所特許的，還有著傳媒給予大力宣傳，又是富貴者的愛好，富貴者是上流人，上流人的愛好，還有不對嗎？於是乎，賭馬不但不會被認為可恥，反而被視為是一種高尚的行為，可以公開放膽大講特講，大賭特賭。每一到賽馬時期，這種熱風就席捲在市區內中上社會中。

當時新加坡馬會的辦法是這樣的：只要交納了會費，就成為馬會的會員，發給個約一寸大小的塑料小牌，賽馬期間，只要把它排在衣衫上當眼處，就可以進場參加賭馬。這種小牌，一年一換，大小差不多，但款項當然有所改變。賭馬的方式有數種，但不管買哪種方式，每次每注都是五元。所以，要到馬場賭馬去，不帶個相當本錢是不夠應付的。進一步更可以明白，非有點資財或工資較高而又有一定閒時間的，是無資格加入馬會的。

每到賽馬季節，賽馬所掀起的熱浪就席捲新加坡市區的內外，社會上簡直有點像過著盛大的節日，人們都或大或小的陶醉在賽馬的浪濤中。可是，馬會和賭馬只有經濟較寬裕和有一定閒時間者才能參加，那麼，較窮困和普通打工者豈不都成了俗語所說的「蛋家雞」，眼見著水不能喝？關於這一點，就不用替他們操心。馬會的主事者想得很周到，於「賭生馬」之外，還大量發行馬票，而且價錢比「賭生馬」便宜五分之四，賭生馬每注五元，馬票每張只賣一元，公開向社會大量推銷，人人可買，人人有突然暴富的機會。所費不大，而又希望無窮，誰能不為之心動而沉迷不去呢？每當這時候，代賣馬票的店檔，在新加坡市區內差不多到處可見，它們把馬票懸在當眼處，有的還用紙寫上富有吸引力的詞句貼在馬票的旁邊，以廣招徠。這些開彩前是寶貝、開彩後是廢紙的神祕東西，真的有如神話小說裡所寫的招魂幡，微風吹著它們，飛飛揚揚的在不停地迷惑著行人、在不停地把行人引入發財夢中而自動盡量獻出錢來。這時候，不管窮和富、不管男和女，也不管商和工，都一窩蜂似的捲進了購買馬票的熱潮中，集資買、獨自買、挖光了錢包都買，希望其中一條中了彩，便頓成巨富，自己的天地便整個都光亮了。

我所在的商店當然也不會例外，在這個時期裡，全店中所最注意的事，就是買馬票。夥計們和這兒個合股買了，和那兒個又合股買，獨自還偷偷去買。每當見到他們開彩前那股興高采烈的購買勁，開彩後急急找報紙來對照一下中彩的數碼，全落空了，立刻就像從高溫中跌進了冰窖，全都因失望而陷於極度頹喪中了，個別連準備匯返家中作家用的錢也輸掉了的，更焦急得有如熱鍋上的螞蟻，惶惶然不知怎麼辦。這使我見到了，內心也為之十分難過，有時也勸告他們，請他們少買些，不用這麼緊張，傾盡所有去買，但他們大都這樣回答我：「每月工資不高，除匯返家中作家用外，就所剩不多了，如果不靠買馬票博博彩，就那有機會回唐山去和家人一同過生活呢？」他們絕大多數來自國內窮困的鄉村，身雖在海外，但心則無時無刻不繫念著家鄉和親人。為了這一目的而拚命買馬票，寄希望於萬一，那我還有什麼可說呢？

在此，我談談自己在賭馬上的經歷。當我初到新加坡時，親戚為了使我見識見識，在赴賽馬場賭生馬時，特意借了個馬會會員的塑料小牌給我掛在衣衿上帶我進場，進場後坐在看台裡，面對著前面觸目的電動顯數牌。開賽前，每匹參加這場比賽的馬之號數後面，投注的數字不斷在跳升，鈴聲一響，投注停止了，跟著就開賽，到達終點後，買中者應分得的金額稍停就在顯示牌顯示出來。看著看著，不覺也心動了。我沒研究過「馬經」，也無「貼士」，只憑每場開賽前參賽之馬在小場繞行給人選投時，心愛那一匹就到投注處去投購那一個號數的馬，又急急回到看台，觀看這一場賽馬的結果，像這樣的盲目亂投注，必然是凶多吉少，輸了，不服氣，下一場又復照樣投注，又復輸了，更不服氣，還心急了，想把輸去的錢贏回來，下一場又買，就這樣的，一場接一場的買下去，又一場接一場的輸掉，在一個下午的兩三小時內，就把自己的全部所有八十多元完全輸去了。我這些錢，是從家鄉帶去的，當時國內通用的是銀毫，我把銀毫兌成了香港鈔票，到新加坡後，又把港鈔兌成了咖鈔，就這樣的，濃縮了復濃縮，將幾百元廣東銀毫才濃縮成八十多元咖鈔。但一到星洲，僅一個下午的兩三小時內，就把它完全輸去了。這使我痛心了很久，也使我認識到，賽馬場確實不是像我一樣的打工仔所能到的，從此裹了足，再不敢隨人到賽馬場去。

至於買馬票，我還是買的，有時獨自買，有時與人合股買，因為它每張才一元，不會一下子輸得這麼心痛，也明知中彩的希望極微，買它等於虛擲金錢，但遏制不住巨額彩金的引誘而還是把錢奉上。對此，我還有個每想起來就忍不住獨自竊笑的小笑話，我喜愛買書看，書與輸同音，買輸，這在賭博者來說，多麼不吉利！為免被我牽累，夥計們於集股買馬票時，每每瞞著我不讓我參加，這事給我知道了，只感到好笑，因為沒我加入他們照樣的輸，但我卻因此而少輸了一點錢。

歷史上，商湯為了同情野獸，命令獵者於圍捕時網開一面，這就成了千古傳頌的「湯德及禽獸」。在禁賭中，大張旗鼓地特許在賭馬上合法開懷地大賭而特賭，這對嗜賭者來說，也可以說是網開一面了吧？然而這一面，卻是個陷阱，幸運者到底是極少數中的極少數，可憐數量不知多了幾許倍的絕大多數，則因此而終生陷於窮困啊！

## 之七　印度馴蛇者

在大世界大門外的旁邊，時常見到一個五十多歲的印度人席地而坐，守著一個小攤子。攤子上東西不多，一個竹織的窄口籠，一個也是竹織的淺盆，兩件小雜耍，一枝葫蘆形的笛子，還有個裝著東西的小箱。

他首先是吹著笛子招引遊人，待到小攤前站著一些圍觀者了，他就在竹籠裡捉出條二尺多長的眼鏡蛇來，放在淺竹盆間。蛇被放出來後，沿著盆邊懶洋洋的繞行。牠繞行了幾圈，印度人就拿起笛子來吹。奇怪的是，一聽到笛聲，蛇的精神就興奮起來了，同時停止了行動，像在傾聽著。笛聲忽然高昂起來，緊隨著笛聲，蛇頭逐漸離開盆子向上升起，蛇頭也越來越高，雙眼炯炯的向著人。當蛇的上身升高到八、九寸時，笛子的音韻突然變了，隨著笛聲，蛇的上身就開始搖動。笛聲有時高昂，有時柔揚，有時像飛馬在奔騰，有時又若斷若續，像緩緩地流著的小溪。啊！這是多麼優美動聽的曲子啊！配合著曲調，蛇的上身時而升高，時而下降，時而擺左，時而擺右，時而速，時而慢，時而打圈子，時而直上直下。蛇的動作配合著笛子的旋律，舞姿優美，看來十分迷人。大約十多分鐘，曲子完了，當餘音緩緩地結束時，蛇的上身也跟著緩緩地下降，降到盆面，就靜伏著不動。

眼鏡蛇是使人望而生畏的毒蛇，但這個印度馴蛇者卻把牠馴養了，還教懂了牠聽曲譜，聞曲起舞，而且舞得這麼美妙。他是怎麼教的呢？真使我大惑不解。社會上，有些窮苦人為了謀生，要捱受盡幾許艱辛，經歷著幾許危險啊！

他的玩蛇，並不是為了賣藝討乞，而是為了賣藥。賣什麼藥？一種棕黑色的坤甸木似的小木片，約手指般粗，一寸多長，每片賣兩角錢。他放下笛子後，就從小箱裡把這些木片拿出來，在攤子上擺了約三十片，就用馬來語吹噓一頓這些木片能解百毒的神效。跟著，他右手捉著眼鏡蛇的蛇頭，把牠的嘴巴向左手的一個手指按下去，放下蛇頭，再用右手在左手按蛇頭處擠壓一點血出來，告訴圍觀者，他的手指已被毒蛇咬了，但是不用怕！有靈藥在。於是取塊木片貼在傷處，一刻後，拿開來，平安無事了，以此來證實木片的功效。

但是，圍觀的人儘管多，但拿出錢來買藥的卻很少。有些人一看見他開始賣藥，就趕快走開。眼看著很少人購買且在陸續散去，這時候，他那失望、焦急、而又無可奈何的神情，給我的印象很深，至今想來，彷彿猶在眼前。

## 之八　在茫茫綠叢中

「過埠」。在國內沿海華僑較多的地區，這是個多麼吸引人的述語，它簡直是幸福的代名詞，使許多人醉心地響往著它。有誰想到？有些人到了外埠之後，他們所處的環境、所過的生活，比起國內沿海最貧困的地方還要荒僻和困苦呢！當我到過遍植橡膠樹的山芭，看到了生活在此間的人們之後，這種感想就不時湧現在我的心頭。

我的七舅父年青時期留學德國，後來回到新加坡從商。商工之外，橡膠園當然不是他親自主持的，而是委託一個有經驗而又信得過的人常住園內代為管理，一切收支也都付托給他，只間中前往巡視一下橡樹長勢和樹膠的生產情況與核查一下帳目，這是當時經營橡膠園者的普遍情況，不少經商者都是這樣做的。七舅父每次往他的橡膠園巡視時，經常邀我作伴，所以我有機會常到橡樹山行行。

七舅父的橡膠園在馬來半島的柔佛州內，每次前往，都是坐上他的小汽車，通過新加坡與馬來半島陸路交通的必經通道，人工填海修築而成的大堤而往。最先到達的是柔佛州的首府新山，經過了新山後繼續向前往，車行不多久，便覺觸上眼簾的，盡是棕色、綠色、無窮無盡的綠色，就到了種植橡樹的區域了。只見橡樹園一個接著一個，連成了一大片，開闊無涯，簡直成了棕色的海岸。小車在棕色的海洋中穿行，因為地廣人稀，很少見到人，只有時見到一兩間簡單的木板房，間或還能見到座磚木結構的別墅式的小洋房。一看便明白，木板房是工人的住宿處，而小洋房呢？是富有的園主有時到來小住一下的地方了。橡樹都是等距離有規劃地種植的，一眼望去，一列一列的，很是整齊。使我一時想不明白的是：這一大片遠闊的橡林區是由許多橡樹園所組成的，但見不到界碑，當然裝不了圍欄，它們的邊界是怎麼區分的呢？整整茫茫的橡叢中都顯得很寂靜，車輛也很少遇到，只是我們所乘坐的小車甲蟲似的在爬行。在柏油鋪設的較寬的車道上，間或有條較窄小的泥土小路，原來，柏油鋪的是公共道路，泥土的呢？則是各個橡膠園自開的交通小路了。

橡膠園於橡樹成長可收割之後，最主要的工作是收割和除草兩項。對這兩項工作，絕大多數橡膠園是養不起固定工的，因為並非長年有膠可收，有草可除，而是雇用臨時工。管理者巡到有些橡樹可以收割時，就雇用專事收割者到來收割；同樣的，有些樹需要除草時，就雇用專事除草者到來除草；按天計工，幹完結算，等到下次需要時再來。而從事這兩項工作者大都是專業的，很少混雜。除草的工作是容易的，只要用鋤輕輕鋤起樹蓬下的草以免奪去了橡樹的肥分，鋤起的草腐爛後還可作橡樹的肥料。至於割膠工作呢？就要講求熟練，割傷了所割處樹的第二層皮，該處將來就會長瘤，影響再割時膠液的產量。鋤草工作在白天，不受時間的限制。但割膠工作則要在凌晨日出之前，因為日出以後樹液就流不出或者劇減。割膠者於天亮以前到收割的地段，把應割的樹在離地面約二尺處割上個倒裝的人字，把外皮切去留著二皮，然後在割口的最下端稍傾斜地插上條小鐵槽，再用粗鉛線固定一個瓷杯在小鐵槽的末端以承接著流出的樹液；就這樣的，按著次序一株樹一株樹的割去，割完了，已是天亮了或天將亮的時候，就帶個小桶去把各樹流出的樹液一杯一杯的收集起來，送到製膠房去。所割之樹，順著割口一小段一小段的向下割去，每株樹可割多朝，待外皮復生起來後，又可再割。

他們既然是非固定工，有人來雇時就開工，沒人來雇時就閑著，那麼，他們又怎麼來打發他們的閑時間呢？有！多的是，他們就各搞自己的副業，或養豬，或養雞，或製腐竹，或製蠟燭，或蒸私酒，更或是聚賭。在這廣闊人跡不多而又有點原始的天地裡，空閑的隙地是有的，也比較自由，可以各盡所能、各適其適的發展，只要懂得做而又有本錢。

「多見樹木，少見人倫」。這是人們時常用以嘲笑住在山區少接觸社會的人的兩句話，生活在橡樹叢中的這些人，這兩句話正好是他們的不折不扣，如假包換的生活寫照。啊！多麼荒涼而又單調！

我隨七舅父到他的橡膠園去，每次必先到園中的辦事處，這是間較大的木板房，裡面還有間隔，有廳有房，在它的旁邊，還有幾間較小的木板房。這較大的木板房既是園的辦事處，又是管理者的住宅，那些較小的呢？有兩間是製膠房和存放待售成品的地方，此外是管理人的廚房與養豬養雞場所及放置雜物處。

管理人是個年約五十的老實人，舉止穿著和一般工人沒有什麼兩樣，他和女人及三個幼齡的子女就在此生活著。一見我們到來坐定後，他就拿出平時購備的汽水和罐頭菠蘿來招待我們，同時吩咐女人煮熟雞蛋，等到雞蛋煮熟了拿來時，他就開了汽水和罐頭菠蘿請我們吃，並在旁陪著，我們一邊吃，他一邊在詳細地把近來橡樹和橡膠的生產情況逐一向園主報告；末了，還拿出賬簿來請園主核查。

他的三個子女呢？在畏怯地遠遠地望著，看見我們正在吃得津津有味，又貪婪地咽著口涎，可見這些東西，他們平時也是不易吃到的。望著他們，我不禁引起些感想：在這遠離市區的叢林中，他們有了病到哪裡去醫治呢？他們又怎麼能得到受教育的機會呢？這樣長大起來，豈不都成了沒文化的野孩子？

管理人除了代園主管理全園的一切生產外，對於製膠也是他的一項主要工作。製膠的過程是這樣的：把割膠工人所割回的樹液收集起來後，加上醋酸，和勻後，就倒進長方形的搪瓷裡，待凝固後，就一張一張的取出來接著晾乾，乾後放在壓紋機上壓上花紋，再一張一張整齊地疊放起來，到了一定數量了，就把它捆紮起來，這就成了可以上市的生膠了。

南洋氣候長年是夏，雨水均勻，這很有利於動植物的生長，它們不但多，而且體型大。有次我到橡膠園，恰逢下雨，看見兩隻食碗般粗大的癩蛤蟆在屋檐下迎著水滴在歡快地戲水，我平生從未見過這麼大的癩蛤蟆。又有次，我在園內看見一條長幾及尺的大蜈蚣被打死了丟棄在地上，我見了，不禁驚呼：「啊！這麼大！被咬著就不得了！」恰巧有個工人在旁，他聽到了，就認認真真地對我說：

「這怕什麼？只要取一把火柴，擦著了，立刻扎向被咬處，毒就完全消失了。」

他們就是以這種精神在山林裡與毒蛇惡蟲作鬥爭以求得生存。在橡樹叢中，不但毒蛇惡蟲時常出現，老虎也常會在晚上出現的。有次我聽到七舅父向管理人問：「近來有聽到大伯公來過嗎？」「有！有！有！連續幾晚都聽到牠們的腳步聲。」管理人連聲的回答。

「大伯公」，是華僑對老虎的尊稱。我不禁插口問：「你們不怕嗎？」

「怕什麼？」他回答我：「牠們是懂性的，不會隨便傷害人。」

在他們的心目中，認為受老虎傷害的人是命中注定的，因而不害怕老虎。其實，在無可奈何的處境中，這不過是聊以自慰的思想而已，如果真的不怕，又何須用這麼尊敬的稱呼來稱呼老虎？呼之謂「大伯公」。不過，在野生動物中，為了生存，不少是具有很高的警惕性的，對陌生的，帶冒險性的事物都不敢貿然接觸，以防上當。聽懂得老虎性格的人說，老虎生性也是這樣，對於敞開著門的房屋和有遮欄的地方，都不敢冒犯，否則薄薄的木板，怎抵擋得住兇猛的老虎？但每當見到這麼簡單的木板房，就會使人想到：假如老虎稍用力撞撞就垮，一垮了，後果就不堪設想。而遏不住有點寒慄於心。

在這非常廣大遠闊的橡樹叢林中，到處都是成行成列的橡樹，它們是有人管理栽培的，生勢良好，綠油油的一大片，生機勃勃，見了使人開心。但在欣欣向榮之中，間也存在著些荒蕪的區域，使人見了觸目驚心，那就是一些未經開發的荒地或丟荒了的橡樹園，面積也十分遠闊，無法看到它們的邊沿，人們呼之謂「荒芭」。這些荒芭，荊棘叢生，雜草小樹遍地，密密麻麻的茅草比人還高，這是野生動物或毒蛇蟲蚊的活動場和滋生地，老虎也棲息其中，牠們日間隱伏，晚上就跑出來到處尋食。這些地方，是無人敢進的，也給橡樹叢林埋伏著許多憂患。

提起老虎，就使我想到「苛政猛於虎」這句成語，從而聯想到它的來源。這是春秋時期孔子過泰山側，看到其舅、其夫與其子均死於虎而哀泣於墓，但因害怕苛政仍不肯遷離的鄉下婦人而感嘆的一句話。想不到二千多年後，我在海外仍會因這一句話而引起了無限的感想：假如國內政治清明，人民能夠安居樂業，則我們許多同胞，又何至於忍痛離開溫暖的家庭與故鄉，遠渡重洋，飄泊海外各地，寄人籬下以求生活，甚至要到如此人煙稀少的叢林中，終日與淒清和蛇蟲老虎為鄰呢？

## 之九　瘴氣籠罩著的地方

生長在較富裕的平原之人不知山嵐瘴氣的可怕，就像富貴之家的子弟不識寒冷和飢餓的滋味。我，生長在平原，只從書本上看過它們的名稱和對它們的描寫，但它們的可怕達到了什麼程度，從未目睹。然而，一經接觸，其可怖景象便使我刻骨銘心、終身難忘。

有次，隨著七舅父到他的橡膠園巡視，在辦完了事時要歸程時，七舅父突然問我：

「帶你到山芭里的街市看看，好嗎？」

「這麼人煙稀少的橡樹叢林中也有街市？」我初時不禁感到驚奇。能前往看看，當然是我所求之不得的，便滿口答應。

於是坐上他的小汽車，司機駕著，出了橡膠園的泥路轉入柏油路，向著縱深的方向開去，路的兩旁都是橡樹園，不見碑、不見界的一個連著一個，也不知它的範圍有多大，眼睛所接觸到的只是綠油油的一大片，小車開行其中，就像在綠色的大海中航行著。

車行了約半小時後，我從車窗向外望，便覺天色有點異樣，橡樹都像被白紗所遮蔽著，白濛濛的，綠的顏色已不大明顯了。樹叢頂上，一種紅黃色的霧氣正在散佈著，由深而淡，直向上衝，一直到了天中方逐漸消失。車越前行，這些白濛濛和紅黃色的霧氣越濃，眼見著它冉冉飛升，同時還有一種淡淡的難聞的焦臭氣味撲鼻而來。當天是晴天，當時是中午稍後，正是陽光強烈的時候，可是在這些霧氣的前面，太陽也完全喪失了它的威力，一點光芒也沒有，絕不刺目，變成紅色，像個紅色的圓盆似的被牢牢地釘在天空中，體積不大。

我平生從未見過這樣的天色，不禁驚奇地叫：「天色為什麼這樣的？」

我的七舅父卻平靜地說：「這些是山嵐瘴氣。」

至此，我方知道自己第一次見到山嵐瘴氣。從過去閱讀過的書報所描述，都把它說得十分恐怖，但見到七舅父如此淡然置之的精神，我也就不感到它的可怕了。從而在心裏暗暗的想：書報所說的，不過是藝術上的誇張，把它過分渲染了。其實，我這種想法錯了。因為跟著，生活在山嵐瘴氣區域中的可怕情況就展現在我的眼前。

小車繼續前行了十多分鐘，就到了一條小街，小車就在街內的一旁停著，讓我們下車。

這條小街，由同樣款式的磚木結構的小店所組成，都是單層的平房，對門而建，分兩列，共約二十間，兩列小店鋪之中，是一條可容兩部車通過的街道，是水泥鋪設的，頗為平整。

我們下了車，從街頭行到街尾看看，像這樣的一條小街，一下子就行完了。但見所有店鋪都關著門，其中有三間的門前還放著張洗得乾乾淨淨的賣肉檯，整條街看不到有行人來往，顯得很寂靜。這樣看來，就可見到這些店鋪不是全日營業的，營業時間也不會長。

但在這條寂靜的小街之中，卻有一間店子是開著門仍然在做著生意的，裡面顧客還不少，顯得有點興旺。七舅父便帶著我前去看看，原來是一間山藥店，店裡除了一個在診著病的醫生和兩個在配著藥的店員外，其餘都是在候診的病者或等著取藥的人。

留心觀察一下。只見店的左側靠著牆的，是個國內中藥店所常見的有著許多小抽屜的裝藥大企櫃，企櫃前面，是張長長的櫃檯，緊靠著櫃檯的末端，是一張陳舊的書桌和一把舊椅子，書桌之側，擺著張給病者坐著診脈的舊方凳。右側靠牆擺著的，是兩張連接著的陳舊長木椅，當然是給病人坐著候診用的。

正躬身在書桌上給病人按著脈的，是個年約六十歲的瘦長中醫生。他按脈和開方都很認真，但又沉默寡言，他專注地給病人診了脈，問了必要問的幾句話之後，就又專注地給病人開藥方，不再多說話。櫃檯裡，兩個中年的店伴正在忙碌地為病人配著藥，兩人都手執著小手秤，把這個小抽屜拉拉，又把那個小抽屜拉拉，取著藥，秤著重量，把小抽屜拉開推埋的，忙個不了。其中一個每配完一劑中藥，包起後，就拿起算盤的得的得的算一會，跟著叫病者的姓名，給予藥，同時收錢。看他們的神情，也很負責認真，除全神貫注在自己的工作外，絕不旁觀，也沒聽見他們說過一句多餘的話。

在候診者的坐椅上，正坐者好幾個在候診的病人，他們有男有女，年齡都在中年以上，其中有三個婦人，懷裡還抱著個病孱的嬰兒。櫃檯外側，還有兩個十一、二歲的男孩，站著在等候取藥。

看他們的穿著，全是國內窮鄉僻壤人的打扮，黑色或藍色的粗棉布衫褲，且都是陳陳舊舊的，其中釘補的不少。這三個婦人，頭上還紮著國內客家人農村婦人所紮的黑色頭布。

看了這一切，我總疑心自己是到了國內一個窮困的鄉村，怎麼也不會相信自己是置身海外別國。

更留心地觀察一下這些病人的病態，啊！不看猶好，一看就使我的心情沉重起來。只見他們都是面色蒼黃，神情慘淡的，多數很消瘦，有個甚至消瘦到只剩了皮包著骨頭，看來像具僵屍，使人害怕。有個卻又面目浮腫，在浮腫中露著黃光。抱著病孩的三個婦人，雖然沒有這麼消瘦，但也很憔悴。

他們全都獨自默默地坐著，各自想著自己無窮的心事，相互間絕不交談，看來都是憂患重重的人。奇怪的是，嬰幼兒童本來是不認人間苦難的，但他們的神情也是這樣，見不到半點兒的天真和笑容。這些人，在生活和疾病的交煎下，都成了麻木的人了。

我和七舅父在這中藥店的門前站了許久，望了許久，越看越感到心情沉重難受。就迅速離開了這個地方。

在歸途中，七舅父告訴我：

「這個地方氣候極難受，年中病死的人不少，嬰幼兒抵抗力弱，死亡數多。」

末了，他十分感慨地嘆著：

「中國人的命真賤！真不值錢！」

我則因此而想到：假如沒有這麼多命賤的中國人，則世界上現在有些繁榮的地方，或許還是不毛之地呢！

## 之十　寂寞的園地

從書報上閱悉，新加坡近年來文化生活相當活躍，作者很受尊敬，還出了幾個著名的文人，他們的文章在國內也很受歡迎。

這種情況，在三十年代以前是不會有的。

三十年代，新加坡出版的報紙有星洲日報、星中日報、南洋商報和總匯報四份，都是新型的日報，編排與內容跟得上時代。其中以星洲日報規模最大，銷量和張數最多，推銷範圍最廣；它每天出版對開兩大張，其他數報都是每天對開一大張；有幾年，它還有過一個宏大的創舉，於每年元旦那一天，把世界、國內和南洋的政治、經濟、文化幾方面過去一年的情況，請專家寫一篇較詳細的總結，在這一天不加報價的送給讀者，洋洋十多大張，一大疊，一天內出紙這麼多張，這在當時，是罕見的。

每份報紙每天都有副刊一兩個或以上。這些副刊的內容，可以說，都過得去。我是愛好文藝的，最留意的，是這方面的副刊，就以它來談談吧！我覺得它們的意識內容和文字技巧，都不錯，且雖在國外，也能和國內的形勢相呼應。例如當魯迅逝世時，幾家報紙的文藝副刊都編印了紀念特輯，發出了人民大眾的呼聲，以哀悼這位偉大的民族魂。

每天要刊出好幾個副刊，需要的稿件不少，那麼，當時的星洲，就肯定有不少靠寫稿過生活的人了吧？以我所知，沒有，一個也沒有！為什麼？因為當時的稿酬低微得實在過甚了，依靠它，連最起碼的生活也無法維持，又怎能以之作為專業呢？

對此，我也有較深切的體會。當我初到星洲時，寫了篇題名為〈來叻航中雜記〉的記事文，全文有三千多字，投寄星洲日報的副刊《晨星》上發表，分三天才登完，可是稿酬呢？只得一元五角，平均每千字約五角，初收到寄來的稿費單時，看看所給的款額，我不相信，以為他搞錯了，以這樣質量的大報，以這樣質量的稿件，稿酬怎會這麼少呢？但跟著的事實證明，稿酬的確是這麼低微，而且各報都差不多。在當時，國內有些以寫稿為生的作者常常以「文乞」自嘲，當時星洲的一般作者，領的是這麼低微的報酬，這的確是如假包換的文乞，甚至於連乞丐也不如了。

這在我，感觸尤深，因我在赴星洲之前，在廣州，以「超凡」筆名投稿《民國日報》的副刊《黃花》上發表，每千字的稿酬是當時廣東通用的貨幣銀毫五元。當時五元在廣州，可以維持一個人一個月的中等伙食，而當時五角錢在新加坡，則只能供一個人三次最普通的咖啡茶舖，每次喝一杯加牛奶的咖啡和吃一件塗加牛油的麵包。我的反感也就可以想見了。

但是，反感只管反感，我還是寫，還是以多個筆名投稿，所以如此，其動機無非都是由於興趣。好搖筆桿的人，有了題材就如同骨梗在喉，不寫不快，寫成之後，就想它變成鉛字，以之自娛且供人看看，稿酬多少，就非所計了。我看，星洲當時的作者，其寫作的動機大都如是。於此可見當時星洲文化人地位的低微，寫作者的不為人所注意。而當時不少進步的文化人，在國內不能立足，逃亡到南洋來，這也為各報副刊提供了不少稿源，廉價的好稿是不愁缺乏的。過去，在南洋，致富者大多靠的不是文化知識，而是靠幸運、機遇、若干甚至於行險造假，有所成了，就面圓圓作富翁，三妻四妾，過著其指指使使的生活，而知書認字的、會寫會算的，都不過是每月領他一點工資供他驅使的走卒，因而知識分子是不受他們尊重的。這種觀念影響甚廣，直到當時還是存在著，這也是當時南洋文化人普遍不受尊重的主要原因。

當時大城市大商埠的出版物，大報之外，還有些每週或半月出版一次的小報。當時上海、香港就很多，真個是琳瑯滿目，正邪俱齊。那麼，新加坡當時有沒有呢？沒有！一張我也未曾見過。至於定期刊物呢？我曾先後兩三次收過籌辦中的刊物的約稿信，但都只見籌辦，不見出版。想來，或許都是由於想創辦者本身無錢，而有錢者卻又對此不重視、沒興趣，因而胎死腹中了。

當時，知識分子到南洋生活，在精神上是相當苦悶的。地位卑微、處境委屈、文章無價、生活乏味，特別是銅臭的氣味過濃而文化生活枯燥，在在都把他們壓得喘不過氣來。

幸而當時大坡和小坡都有幾家較像樣的中文書店，有些在國內買不到甚至於禁賣禁讀的進步書籍，在這裡也可以買到。當時「生活書店」正是蓬勃發展時期，鄒韜奮所主編的《生活周刊》，每期出版不久，在這裡就可以買到。《生活周刊》被封，隨之而出版的《新生》和《永生》周刊，也同樣易於買到。同時，它所出版的《世界文庫》、《譯文》、《文學》等也源源運到、源源供應。這些定期刊物以及一些進步書籍，都內容充實、意識進步、編印精美、既是良好的精神糧食，又是難得的藝術品。我每次一見它們新到，就儘速購買，工餘之暇，就沉浸在這些優秀的文學與先進的思潮中，忘卻煩惱。在當時南洋死水般的寂寞文化園地中，這簡直有如沖進了一股清新的甘泉，使人精神為之一振。在當時，這是我所獲得的最大慰藉，當時感受，至今猶溫。沒有這種慰藉，我是會悶死的。它對於南洋青年，更起到先導激勵作用。

擺脫了殖民者的束縛，新加坡迅速就飛躍起來了，很快就成了舉世矚目人所共欽的美麗、繁榮、整潔、文明國家。對文化人來說，最感到欣慰的是她的文化生活也相應地活起來，作者受到尊重，不但在新加坡地位崇高且影響及於國外。作家有有力的組織，不但積極發展提高本國之文學藝術，且經常舉行各種文化活動並邀請國外的文化界前往作學術交流。

回顧一下我在星洲的所見的文化園地的寂寞冷落狀況，展望她目前的蓬勃興旺面貌，這使曾是過來的人的我，倍感興奮和欣快。（原載《海鷗詩刊》22-30期，2000-2004年）

文化生活叢書·詩文叢集　1301033

# 放龜禪

作　　者　古添洪
責任編輯　蔡雅如
特約校稿　林秋芬

發 行 人　陳滿銘
總 經 理　梁錦興
總 編 輯　陳滿銘
副總編輯　張晏瑞
編 輯 所　萬卷樓圖書(股)公司
排　　版　菩薩蠻數位文化有限公司
印　　刷　百通科技(股)公司
封面設計　菩薩蠻數位文化有限公司
（主圖：古添洪）

發　　行　萬卷樓圖書(股)公司
臺北市羅斯福路二段 41 號 6 樓之 3
電話　(02)23216565
傳真　(02)23218698
電郵　SERVICE@WANJUAN.COM.TW
大陸經銷
廈門外圖臺灣書店有限公司
電郵　JKB188@188.COM
香港經銷
香港聯合書刊物流有限公司
電話　(852)21502100
傳真　(852)23560735

**ISBN 978-986-478-025-9**

2016 年 10 月初版一刷

**定價：新臺幣 300 元**

如何購買本書：
1. 劃撥購書，請透過以下帳號
帳號：15624015
戶名：萬卷樓圖書股份有限公司
2. 轉帳購書，請透過以下帳戶
合作金庫銀行　古亭分行
戶名：萬卷樓圖書股份有限公司
帳號：0877717092596
3. 網路購書，請透過萬卷樓網站
網址　WWW.WANJUAN.COM.TW
大量購書，請直接聯繫，將有專人為您服務。(02) 23216565　分機 10

如有缺頁、破損或裝訂錯誤，請寄回更換

版權所有·翻印必究
Copyright©2016 by WanJuanLou Books CO., Ltd. All Right Reserved
**Printed in Taiwan**

**國家圖書館出版品預行編目資料**

放龜禪 / 古添洪著. -- 初版. -- 臺北市：萬卷樓, 2016.10
面；　公分. -- (文化生活叢書；1301033)
ISBN 978-986-478-025-9(平裝)
848.6　　105015868